ごぞんじ

開高健と翻訳者との往復書簡177通

はじめに

開高健の『輝ける闇』や『夏の闇』、『岸辺の祭り』、『五千人の失踪者』などの英語訳を手がけた瀬川淑子が、自身が教鞭を執っていたペンシルベニア大学の電子アーカイブ「ScholarlyCommons」に開高との間でやりとりした手紙全一三八通を公開したのは二〇一六年のこと。開高が瀬川に送った手紙が六二通、瀬川が開高に送った手紙が六五通、開高の妻・牧洋子と瀬川の間でやり取りされた手紙が一一通、計一三八通だ。

二人の間で交わされた手紙を通して開高の知られざる一面を多くの人に知ってもらいたい、そして苦労することが多かった翻訳書の出版事情についても知ってもらいたいと思ったことが、公開に踏み切った理由だ。

「ScholarlyCommons」に二人の手紙が公開されていることを私が知ったのは二〇一七年か二〇一八年のこと。読みはじめてすぐにこれが開高の人となりを知る上での貴重な手紙であり、開高文学を研究する上での貴重な資料であることに気づき、二人の手紙をベースにした書簡集のようなものを書きたいと思った。

実は「ScholarlyCommons」に公開された一三八通の他にも、詳しい経緯ははっきりしないが瀬川の手元から消えたまま行方不明になっている手紙が数十通ほどもある。非常に幸運なことに、まったく思いもしない形でそのうちの三九通（開高の手紙二二通、瀬川の手紙一七通）を今回発見することができた。「ScholarlyCommons」で公開されている手紙一三八通、そして新たに発見した手紙三九通の計一七七通をもとに書き上げたのがこの書簡集だ。

執筆には思いのほか時間がかかった。二人の手紙を精読するだけでは足りず、開高の作品ならびに瀬川の英語訳と逐一照らし合わせ、必要に応じて瀬川の英語訳を日本語に訳しなおすなどして手紙を読み解かなければならなかったからだ。しかし、それはまったく苦にならず、逆にとても楽しく、充実した時間であった。読者の皆さまが本書を通して同じように感じていただければ幸いである。

※開高の手紙については公益財団法人開高健記念会の了解を、瀬川の手紙については瀬川本人の了解を得た。

※手紙の文面は、できる限り本人が書いた通りにしつつ、読みやすくするために若干の修正を施した。

第1章

『夏の闇』の翻訳家と『夏の闇』のモデル

「あなたさまからあたたかい泡のようないい手紙を頂かなくなってから久しくになり、これまたさびしいんである。たまには東風が吹いたら思いだして下さいな。　ごぞんじ」

（一九八二年一一月一五日）

1

開高が〝第二の処女作〟と位置付けた『夏の闇』

『夏の闇』は異国の、首府の学生町の安宿で寝たり起きたりしている主人公が、これまた異国の大学で客員待遇を受けて博士論文に取り組んでいる女と一〇年ぶりに再会し、食べて、寝て、交わって、また寝て……を繰り返すひと夏の物語。ベトナム戦争に従軍して、自分の中の何かが粉砕されるような体験をし、自らのアイデンティティーを見失った主人公が、再びベトナムの戦場へと旅立つまでの倦怠と葛藤を描いた物語である。文芸雑誌「新潮」一九七一年一〇月一日号に発表した『夏の闇』は、開高健にとって特別な意味を持っている。翌年三月一五日に新潮社から出版された単行本（あとで触れる特装本に対して普及本ともいわれる）の函に、開高健の次のような言葉が記されている。

この下腹の柔らかい時代には甘い生活にふけることしかできない心がある。けれど懈怠《けたい》の末に、その心が自身に形をあたえようとして何かを選ぶ午後もある。その飽満と捨棄を私はこの作品でさぐってみたかった。これまで書くことを禁じてきたいくつかのことをいっさい解禁してペンを進めた。これを〝第二の処女作〟とする気持で、四十歳のにがい記念として書いた。この作品で私は変わった。

普及本の出版から二ヵ月後の五月二五日に新潮社から限定二五〇〇部の特装本が出版される。うち六〇部を開高が買い取って検印に自筆で「私」と書き入れ、それ以外は筆記体で「ken」と記されている。この特装本には、普及本にはない「後記」が書き加えられている。

これまでだいたいのところ私は自身から離れたい遠心力で作品を書いてきたが、この作品からは求心力で書くことを決心した。これまでにひたすら自身に禁じてきたことをいっさい解禁する決心もした。この作品を私としては〝第二の処女作〟としたい気持ちなのである。（略）

一九七二年四月　開高健

特装本には、「波」一九七二年三月号から転載された文芸評論家・佐々木基一との対談「『夏の闇』の意味するもの」という八頁の小冊子が付録としてついていた。その中で開高は求心力で書くことを決意した経緯等について踏み込んだ解説を行っている。

ちょっと大ゲサですが、ぼくが芥川賞をもらったころ、心中ひそかに誓ったことがあるんです。当時の日本の文壇には、抒情と告白、孤独とセックス、そして観念しかなかった。それが私にはがまんできなかったんです。せめて自分一人はそうすまいと思った。そこへ傾斜していく自分自身というものが濃厚にあるけれども、しかし、書きやすいテーマで書きたいように書くことは拒んだわけです。私にふさわしくないようなテーマばかり選んで、自分から逃げるというか、遠心力みたいな力で小説を書いていこうとした。

それからもうひとつあって、たとえばサルトルの『嘔吐』などに非常にショックを受けて、人間の内面をさぐって人格の核心を描き出すという小説はもう終わったと思った。（略）私にできることといえば、事物の力とでもいったものを外から描くことだと思って、それで十年間やったわけですね。次にそれを実行に移そうとする衝動に駆り立てられ、諸外国をさまよい、戦争に行き、ひどい目にあったりしてきた。(略)そういうことがいろいろ手伝って、ここらで第二の出発をしようという気持ちになったのです。作者があまりのさばり出るのも恐縮ですけど、男と女のひと夏の精神のリズムを描いてあるだけなんですよね。だから、小説になるのかならないのか、私にもわからないところがあって、結局、文章または文体のメリ、ハリ、テリ、ツヤ、それから細部のリアリティ、そういうもので作品をひっぱっていくほかなかった。

〝第二の処女作〟〝第二の出発〟であり、〝四十歳のにがい記念〟という言葉から、『夏の闇』が開高健にとって特別な作品であることがよくわかる。

その特別な作品が開高作品としてはじめて英語に翻訳され、世界デビューを飾ることになる。ニューヨークの出版社から話が舞い込んだときは、さしもの開高もおおいに喜んだり、張り切ったりしただろうことは想像に難くない。と同時に不安も覚えたのではないかと推察する。苦心して書き上げた開高独特の文章または文体のメリ、ハリ、テリ、ツヤ、そして細部のリアリティが忠実に英語に訳されるかどうかという不安だ。

作家・司馬遼太郎は、五八歳の若さで逝った開高への手向けの言葉の中で、開高健はナマの日本語を素材にしてほとんど開高語ともいうべきスタイルを作り上げた作家であり、『夏の闇』は名作という以上に新しい日本語世界だ、と表現した。開高が作り上げた開高語、新しい日本語世界を英語に置き換える作業がきわめて困難であることは翻訳の門外漢であっても容易に想像できる。

その重責を担うことになったのがセシリア・セガワ・シーグル(Cecilia Segawa Seigle)だ。渡米して結婚する前の名前は瀬川淑子《よしこ》である。

2 瀬川淑子と『夏の闇』のモデル佐々木千世子

『夏の闇』を翻訳した当時の瀬川淑子は翻訳家としてまったく無名だった。それもそのはず。『夏の闇』の翻訳に着手した一九七二年当時、瀬川はまだ翻訳家としてデビューしていなかったのだから。

瀬川淑子は一九三一年一二月一三日生まれ。一九三〇年一二月三〇日生まれの開高のちょうど一つ年下になる。山口県立女子専門学校（現・山口県立大学）を中退して一九五四年に渡米。オハイオ州オックスフォードにあるウエスタン女子大学（Western College for Women　現オハイオ州立マイアミ大学）に入学し、一九五七年に英語学の学士号を取得。卒業後、ブリンマー大学（Bryn Mawr College）に進み、一九五九年に英語学の修士号を取得している。

一九七一年にはアイビー・リーグに名を連ねる米国屈指の名門ペンシルベニア大学から日本学（Japanese studies）の博士号を授与され、一九八六年に同大学に講師として招かれて日本語、日本文学通史、『源氏物語』、現代日本文学、日本映画、江戸文学などを教えるようになる。一九九五年に准教授に昇進、一九九九年、同大学を退職する際に名誉教授の称号を授与された。

瀬川の略歴を書き連ねているうちに、『夏の闇』に登場する女性のことを思い出した。一〇年ぶりにパリで再会し、一夏を共に過ごすことになる女性だ。瀬川は、このモデルとされる佐々木千世子と似た部分があるように思える。

佐々木千世子は一九三三年生まれ（〜一九七〇年）。瀬川とは二つ違いの同世代だ。一九五八年に早稲田大学露文科を卒業後、しばらくはロシア文学研究家を名乗り、佐々木千世のペンネームでロシアの詩人の詩を訳したり、ロシアの文豪の愛人が書いた手記を翻訳したりしていた。一九六二年に出版した一日一ドル、五〇〇〇キロの海外旅行記『ようこそ！ヤポンカ』（婦人画報社／一九六二年）の中で本人は次のように書いている。


ある大学のロシア文学科を卒業した私は、（略）腕に覚えのあるロシア語で、なんとかボルシチでも食べられれば、というところで、「ロシア文学研究家」という世にも奇妙な看板をかかげ、ペンゴロ暮らしを楽しんでいた。


「ペンゴロ暮らし」とは何足かのワラジをはき分けつつ文章で生計を立てる暮らしのことであって、当時の佐々木千世子はロシア文学研究家、スラブ学者、ルポライターなどの肩書きを使い分けて原稿を書く生活を送っていた。

その後の佐々木千世子については『夏の闇』で知ることができる。いくつもの国を渡り歩き、日本商社でタイピストをしたり、キャバレーのタバコ売り娘をしたり、やがて奨学金をもらえるようになって学生に戻り、そうこうするうちにある国の首都の大学で客員待遇を受けるようになり、書きかけの博士論文のために忙しくしていること等々。

一九三三年生まれの佐々木千世子。一九三一年生まれの瀬川淑子。いくつもの国を渡り歩いた末にドイツの大学で学位を取り、ボン大学の研究員になった佐々木千世子。大学を中退して単身アメリカに渡り、アメリカの大学で学士号、修士号を取り、さらにペンシルベニア大学で博士号を取った瀬川淑子。急逝した佐々木千世子をモデルにした『夏の闇』と、その翻訳をすることになった瀬川淑子。

開高健が、瀬川に佐々木千世子の面影を重ね、瀬川との出会いに何か運命的なものを感じたとしても不思議はない。二人の共通点から、ふとそんなことを想像したくなる。

話を元にもどそう。なぜ、翻訳家として実績もない瀬川が日本の有名作家の代表作を翻訳することになったのか、だ。

一九七〇年代のはじめ、瀬川はニューヨークの出版社クノッフ（Alfred Knopf）のリーダーをしていた。クノッフ社から送られてくる日本の現代文学を読み、それを批評する仕事だ。リーダーの批評も参考にして、その作品を翻訳出版する価値があるかどうか、売れそうかどうかを出版社が判断するわけだ。瀬川自身、クノッフ社のリーダーに選ばれた経緯ははっきりしないようだが、その当時、ペンシルベニア大学時代の恩師、E・デール・ソーンダース（E. Dale Saunders）教授と三島由紀夫の『暁の寺』（The Temple of Dawn／一九七三年一〇月）を共訳している最中だったので、ソーンダース教授が推薦してくれたのだろうと瀬川は考えている。

一九七二年になって間もなく、瀬川のもとへクノッフ社から開高健の『夏の闇』が送られてきて、いつものように精読し、批評して欲しいと頼まれた。瀬川と開高の物語はここから動きはじめる。

一九七八年に発売された『これぞ、開高健。』（「面白半分」一一月臨時増刊号）に瀬川が寄稿した『生きるとは…、キャアー』と題したエッセイの中に、このときのことが次のように書かれている。

時折クノッフ社のリーダーをしていて『夏の闇』の批評を頼まれたのは一九七二年初めだったろうか。開高氏の作品は『裸の王様』や『パニック』が出た頃読み、それらが壽屋の仕事の合間に書かれたものであると聞いてこの異色の新人に畏敬を感じた。その後時々目にする日本の刊行物で、氏が世界中を駆け巡り、ベトナムに異常な情熱を傾けている事を知ったが、作品に接する機会はなく、正直な所、『夏の闇』を読んでその隔世の進歩に非常な感銘を受けた。すぐさま、「この小説は売れない事請合《うけあい》だが、日本文学の為に翻訳すべきだ」とクノッフ社のストラウス氏に書いた。そんなら言出しっぺのお前がやれという事になったのか、間もなくその仕事が回ってきた。

3 瀬川の手紙を待ちわびていた開高

瀬川が『夏の闇』の翻訳に取りかかるのは一九七二年春。翻訳作業を進める中で生じた疑問を直接本人に聞くべく、はじめて開高に手紙を書いたのがその年の九月一七日のこと。ペンシルベニア大学の電子アーカイブ「Scholarly Commons」に瀬川の次のような文章が残っている。

その頃はタイプライターは英字のしかなく、日英語のコンピューターもなかった。全部手書きで、開高氏もご自分の住所の入った原稿用紙に、実に可愛らしい丸っこいきちんとした字で手紙を書いて下さった。

以来、開高が亡くなる一九八九年までの一七年間に二人の間で交わされた手紙は、確認できるものだけで一七七通にのぼる。このうち開高が瀬川宛に送った手紙が八四通ある。瀬川の記憶ではこれ以外にも開高からもらった手紙があったはずなのだが、あいにくとその所在は不明だ。

かくして私は開高氏と文通を始めたのだが、彼との通信は面白くて書くのも受け取るのも愉しみである。その手紙は短いわりには嵩高く、いつも切手がうんと貼ってある。（略）その茶化した調子にも拘わらず、非常に細やかな義理堅さが感じられる。可愛らしい、丸っこい字からしてきちんとしていつもいい字だと感心させられる。（『生きるとは…、キャアー』より）

開高に手紙を書くのも、開高の手紙を受け取るのも愉しみだったと瀬川は書いているが、海を越えた手紙のやりとりを楽しみにしていたのはむしろ開高のほうだったかもしれない。瀬川に宛てた八四通の手紙を読むと、瀬川の手紙を心から楽しみにしていた開高の姿が浮かび上がってくる。

《あなたの手紙はいつも聡明とお茶目さんがあるのでたのしみです。また下さい。　シーグル夫人さま》（一九七三年六月二六日）

《また手紙を下さい。いつも書くことですが、あなたの手紙はたのしいのです。卒直で、痛烈で、オチャャッピーで。よくマスタードがきいています。　セシリアさま—ごぞんじ—》（一九七三年八月　日付不明）

《天井裏のネズミがコトリとも音をたてなくなったみたいにあなたからの便りが切れてしまったので心配しています。それに、もうぼつぼつ一九七三年もすりきれかかっているので、短い御挨拶をお送りするわけです。（略）いいクリスマスを。二メートル近い御主人にも。　セシリア・セガワ・シーグル様》（一九七三年一二月一九日）

《明けましておめでとう。昨年は長い手紙をありがとう。おかげであなたがまだ生きていること、それもピリピリと、いきいきと活性状態にあることを知りました。いつかも書いたと思いますがあなたの手紙は辛辣さと無邪気さと優しさがあるので好きです。今年もトーンを落とさないでやって下さいな。（略）また手紙を下さい。私も書きます。　セシリア・セガワ・シーグル夫人様　　ごぞんじ》（一九七四年一月二四日）

《いつぞやこのクラブ（筆者註：新潮社クラブ）から手紙をだしましたがそれきりあなたから便りがありません。もう何ヶ月にもなります。いつも手紙を出すと、テニスのボールのようにすばやくあなたから便りがありました。それが習慣のようになっていたものですから、不安です。》（一九七四年五月二日）

《小生の身も不振をきわめ、ビフテキを食べようか串カツにしとこうかと、しばしば迷うのであります。あなたさまからあたたかい泡のようないい手紙を頂かなくなってから久しくになり、これまたさびしいんである。たまには東風が吹いたら思いだして下さいな。あなたが散らしたタンポポのタネはあちらこちらでたしかに魂の土に着地しているらしいのです。信じて下さい。クレド（筆者註：信条、約束を意味するラテン語）。（略）尊敬していますぞ。（とってつけたような文体で恐縮ですが）いそいで書きました。いつものように。　　C・S・タンネンバウムさま　ごぞんじ》（一九八二年一一月一五日）

以上紹介した手紙を見てわかるとおり、開高は瀬川の呼称をさまざまに書きわけている。渡米して結婚するまでが瀬川淑子、渡米後の通称がセシリア、結婚後はセシリア・セガワ・シーグル、夫と死別後に再婚してセシリア・セガワ・シーグル・タンネンバウムへと名前が変わったせいではあるが、開高は手紙の中でさまざまな呼称を用いている。

本書においてどの呼称を用いるべきか、悩ましいところ。『夏の闇』や『輝ける闇』をはじめとする開高作品の翻訳者ということからすれば、翻訳本に記されているCecilia Segawa Seigle（セシリア・セガワ・シーグル）にならって「セシリア」とか、「シーグル夫人」とすべきなのかもしれないが、結婚後も再婚後も終生変わらずに名乗り続けた「Segawa」＝「瀬川」をここでは使うことにする。

第２章

『夏の闇』をめぐる翻訳家と作家のQ＆A

「私は41歳のサン・ファーミュ（家なき児）であります。この12月30日で42歳になります。17歳の頃に憎みに憎み、とてもあんなになるまで生きてやるものかと思いつめ、また生きられそうにないと思いこんでいた、そういう年頃のヌラヌラしたおっさんとなるのでありますゾ。おっさん。オッサン。」

（一九七二年一二月三〇日）

1

「逢魔をどう訳す?」と瀬川を試した開高

瀬川が開高に初めて手紙を書いたのは一九七二年九月一七日のこと。『夏の闇』の翻訳に取りかかってから半年ほど経った頃のことだ。豊富な語彙と多彩な比喩を駆使して構築された開高の独特な文体と悪戦苦闘の末に第一稿を書き上げ、推敲と修正を重ねて第二稿を書き、さらに今一度推敲と修正を重ねつつ第三稿に取りかかっているときに書き送った手紙だ。いくら推敲を重ねてもどう翻訳すればいいのかわからない、あるいは翻訳がしっくりこない箇所について、作者本人に直接問いただすべく書かれた質問状である。無地のエアメール用便箋に小さな文字がやや乱雑な筆跡でびっしり書き込まれている。

瀬川《開高健様　初めてお便り申上げます。御作の『夏の闇』の翻訳をお授かりしております瀬川淑子 (Cecilia Segawa Seigle) でございます。ストラウス氏のお言葉に従い、直接いろいろおうかがいしようと思いペンを取りました。

今日は下記の箇所について御指示を受けるべく書いております。(略) 翻訳は英語に直すと、日本語の面白さがなくなって、本当に感じが違った作品になりますので、それが一番心配で、どうしようかと思っています。つくづく日本語の難しさを味あわ《ママ》されます。では下記のご回答

をお願いいいたします。》（一九七二年九月一七日）

瀬川からの手紙に対して、開高も珍しくエアメール用の白い便箋六枚を使い、これまた珍しく横書きで丁寧な返信を書いている。

開高《お手紙ありがとう。ちょっと地方へ旅行に出ていたり、手紙が私のところへ回されてくるのに時間がかかったりしたものですから、お返事がおくれてしまいました。

11月23、24日頃に会いたいとのことですがＯＫです。そのころだと日本にいますし、東京にいます。もしビフテキがお好きなら、非常にうまい店へご招待します。その他何でも。何が食べたいか、よく考えておいて下さい。

あの作品を英語にするのはしんどい仕事だろうと思います。日本語独特のいいまわしやイディオムをよく使ってありますから、どこまでそれが匂いや含みやかくし味をこめて英語にできるか。たのしみにしています。

たとえば、お手紙の質問項目には入っていませんでしたが、たそがれのことを〝逢魔《おうま》が時《とき》〟として〝魔〟がその時刻にパリの町に出没するように描いた部分など、〝逢魔〟を英語ではどうお訳しになるのでしょうか。》（一九七二年　日付不明）

言葉遣いは丁寧であり、来日した折には「非常にうまい店へご招待します」といたって好意的だが、未知の翻訳者に対して「日本語独特のいいまわしやイディオムが持つ匂いや含みやかくし味をこめて英訳をするように！」と、著者としての注文をつけることも忘れていない。「逢魔が時」の逢魔をどう英訳するのかという問いかけは、この翻訳者が自分の注文に応えられるだけの実力があるかどうかを推し量るための出題だったと考えてもいいかもしれない。

「逢魔が時」は、「たそがれ」と同義語で、日が暮れてあたりが薄暗くなった時間帯を指す言葉だ。と同時に、読んで字のごとく「魔に出逢うとき」という意味を持っている。得体の知れない魔物に遭遇する時間帯、もしくは大きな災いが起こる時間帯だと昔は信じられていた。そういう禍々しさを込めて英語にできるか、と瀬川を試したのではないか。

　残念ながらこの問いかけに対する回答は瀬川の手紙の中には見あたらないが、瀬川はこれを以下のように訳している。『夏の闇』の「逢魔が時」と、翻訳書『Darkness In Summer』における「逢魔が時」を読み比べてみると——

もう夜である。〝逢魔《おうま》が時〟はすぎた。魔は顔を見せ、車道で踊ったり、新聞売場のまわりをとび歩いたり、酒場のテーブルのふちへこっそりしのびよったりして人をそそのかしたが（略）

The witching hour had passed. Magic came alive, danced in the streets, played around the newspaper stalls, stole up to bar counters and seduced people;

「逢魔が時」を「The witching hour」（魔女の時間）、「魔」を「Magic」（魔法）と訳し、そのあとの文章は原文をそのまま直訳している。「逢魔が時」が持つ禍々しさは薄れてしまっているが、瀬川の工夫の跡が窺える訳になっている。

2
『夏の闇』に関する二一の質問

九月一七日付の手紙で瀬川が列挙した質問は全部で二一問。この二一の質問に対して、開高は《御質問にノンブルをつけ、以下に答えと意見を書いておきました。お役に立てばと思います。》と前置きした上で、そのすべてに丁寧に答えている。二人のやり取りと、実際の翻訳の一部を紹介しよう（日本語版『夏の闇』は新潮文庫を参照。英語版はタトル・パブリッシング『Darkness in Summer』を参照）。

●女が絶望から力をぬきだしてその無限界さにおびえきっている

瀬川《女が絶望から力をぬきだしてその無限界さにおびえきっているのだと……これは彼女の力のより所は「絶望」であり、その力によって生活ないし情事をおこなっているのに、動力源の絶望があまりに深くていくらでも力が出て来るのでおびえている……という意味でしょうか？》

開高《そのとおりです。ご意見の通りです。》

汗にまみれて全身発光しながらのしかかってくる広くて白い胸とあらそいながら私は女の肩ごしに障子窓のむこうにある檜葉垣《ひばがき》を眺め、遠くの人声を聞いていた。**女が絶望から力をぬきだしてその無限界さにおびえきっているのだと私はさとることがまったくできなかった。**（新潮文庫11頁）

I did not begin to grasp that she was bewildered by the limitless despair that quelled her boundless energy.（訳本8頁）

英文は、直訳すると「女が無限のエネルギーを封じ込めた限りない絶望に戸惑っていることを、私は把握することができなかった。」という意味になる。

●たくさんの水が流れた

瀬川《「たくさんの水が流れたのさ」これは（略）何かの古歌の引喩ならばお教えいただきたいのです。どうも英語では意味をなしません。ご教示ください。》

開高《ロンドンにいたときに耳にしたことのある成句です。〝たくさんの水が橋の下を流れた〟というのですが、〝久しぶりだね〟とか、〝いろいろなことがあったね〟というところをそういうふうにいうらしいのです。またフランスのJ.Prévertの詩の冒頭に、やっぱりおなじことばがそのまま使われているのを読んだことがあります。〝Beaucoup de l'eau a passé sous les ponts〟古歌か習慣か、よくわかりませんが、そういういいまわしです。主人公と女はその句を〝久しぶりだね〟のかわりに二つにわけていいあっているわけです。》

パリの停車場で、私がドイツから寝台列車でやってくる女と十年ぶりに再会したときの会話――。

「何年ぶりかしら」	"I wonder how long it's been."
「十年ぶりだね」	"It's been ten years."
「そうね」	"I suppose it has."
「かれこれ十年だよ」	"About ten years."
「そうね」	"Yes."
「たくさんの水が流れたのさ」	"A lot of water..."
ふいに女が高い声で笑い、	She laughed harshly and said :
「橋の下をね」	"Yes, under the bridge!"
といった。	
（文庫16頁）	（訳本12頁）

開高は「たくさんの水が流れたのさ」と書いているが、瀬川の翻訳では「流れたのさ」が省略され、「A lot of water...」となっている。

「橋の下をたくさんの水が流れた」は開高ファンの間ではよく知られたフレーズ。開高の常套句の一つであり、このやりとりを読んでニヤッとした開高ファンが少なくないのではないかと推察するが、開高の文章に馴染みのない読者にとっては瀬川同様にわかりづらい表現だ。

開高の手紙に書かれているJ. Prevert（ジャック・プレヴェール／一九〇〇〜一九七七年）はフランスの詩人であり作家。有名なシャンソン「枯葉」の作詞を手がけたことや映画「天井桟敷の人々」のシナリオを書いたことで知られる。

●ひっぱたいてやろうと思ってるうちにふとうなずいちゃったりして

瀬川《ひっぱたいてやろうと思ってるうちにふとうなずいちゃったりして……ただ彼らのからかいを肯定してうなずいてしまうのですか、それとも彼らの中の一人の誘いにうなずいてしまうのですか。至極あいまいです。》
開高《からかわれたのを肯定するのですが、肯定しながらくやしくなってひっぱたいてやりたくなる。〝救世軍〟と女はからかわれてくやしくなってひっぱたいてやりたくなるが、内心ではつい事実だと認めるよりほかない気持ちにもなる、ということ。女が年とって心が弱ってきたのでしょうか。》

「（略）これで赤い帽子に青い制服を着たら救世軍よ。

ときどき男の子で悪口をいうやつがいる。憎いったらないんだけど、ひっぱたいてやろうと思っているうちにふとうなずいちゃったりして。だらしないったらな

"（略）Sometimes men tease me. I get so angry and I have every intention of fighting back, but then, suddenly I agree with them. I

いわ」

（文庫19頁）

am such a weakling.”

（訳本14頁）

自らが創作した小説の中の言葉であるのに、女の言葉の真意、言葉の裏にある心情を開高が推測しながら回答している点が非常に興味深い。このあとにもたびたび出てくるが、瀬川の質問が女のカギ括弧付きの言葉に触れている場合、開高は同じような答え方をしている。『夏の闇』が開高の完全な創作ではなく、モデルがいたこと、モデルが発した言葉をそのままなぞっている部分が少なからずあるということなのだろう。言葉がそうであるならば、作品に描かれている行動、行為もまた少なからず事実に即していると思っていいのかもしれない。

●毛鉤について

瀬川《毛鉤——dry fliesでよろしいでしょうか。ハリスはどんなspellですか？》

開高《dry fliesよりはartificial fliesのほうがこの場合よろしい。ハリスはleaderです。》

（パリから移った西ドイツの首府《ボン》で）
私は大学のキャンパスを散歩したり、市場をのぞいたり、釣道具店に入って鱒《ます》釣りのスプーン鉤《ばり》や毛鉤のコレクションを見せてもらったりした。

（文庫104頁）

I strolled around the university campus, peeped into markets, and asked to see the spoon hooks for trout fishing and the collection of artificial flies at a fishing tackle shop.

（訳本75頁）

（ドイツの山の湖で八三センチのパイク［カワカマス］が鈎にかかったとき）

（略）底へ、底へとひきこむ力には眼を瞠りたいものがあり、ハリスを牙《きば》で食い切られる恐れが頭をかすめたので、指をリールのつまみに走らせた。

（文庫197頁）

the strength of the fish pulling it down made me watch in astonishment.

The thought flashed through my head that the leader might be bitten off by the pike's teeth, and I slid my hand to the brake on the reel.

（訳本142頁）

フライとは主に水生昆虫（かげろう／メイフライ、とびげら／カディスなど）を模した疑似餌のことだ。一般的には、毛鉤は単に「フライ」と呼ばれるが、開高があえて「artificial flies」と指示したのは、人工的な餌というニュアンスを強調したかったからかもしれない。

フライには、水面に浮かせて使うドライフライ、水面下から中層を流すウエットフライ、水生昆虫の幼生を模したニンフなどの種類がある。瀬川が「毛鉤はdry fliesでよろしいでしょうか」と質問したのは、瀬川なりに毛鉤について調べたからなのだろう。

『夏の闇』の中では、こののち、私と女が山の湖へ行ってパイク（カワカマス）を釣る話が登場する。一九六八年七月、場所はオーストリアとの国境に近い上部バイエルンのジムス湖。開高がルアーフィッシングをするのはこれが二度目で、ほぼ一ヵ月前に北海道・根釧原野でイトウを二匹釣り上げて以来のこと。この二度の体験を機に開高健はルアーフィッシングに凝るようになり、それがやがて『フィッシュ・オン』（朝日新聞社／一九七一年）や『オーパ！』（集英社／一九七八年）といった釣り紀行の名作を生み出すことになる。

ジムス湖での釣りのこと、その後に転戦したシュヴァーヴェンでの釣りのことは、『私の釣魚大全』（文藝春秋社／一九六九年）の中の「バイエルンの湖でカワカマスを二匹釣ること」「チロルに近い高原の小川でカワカマスを十一匹釣ること」に詳しく書かれている。

●**対立物の止揚**

瀬川《対立物の止揚。Aufhebenとかだと思いますが哲学語でしょうから英語のsublatia of the oppositeというより原語で書いたほうがいいと思います。ドイツ語で何といえばいいのかお教えください。》

開高《ドイツ語。哲学用語。〝止揚〟はaufheben。〝対立物〟のドイツ語はそちらで調べて下さい。ちゃんと英語にもなっていると思います。左翼哲学、又はヘーゲルにくわしい人なら知っていると思います。》

「帝力何ぞ我にあらんやとうそぶくのにはかなりの訓練がいる。おれもはじめは胸がムカムカしたけれど、精神修業の結果、超克しましたね」という私の話に続く女の言葉。

「そりゃそうでしょうけど、もともとあなたは好きな　“That may be true, but you like that sort of

のよ。そういうのが好きなのよ。好きでやるのなら自己鍛錬といえるかどうか疑問だわ。**対立物の止揚といえるかどうか**、明日研究室へいったらシュタインコップ先生に聞いてみましょう」

（文庫91頁）

thing anyway without any effort. I doubt if you can call it self-discipline if you like it to begin with. **Whether it can be called the Aufheben from an obstacle**, I must ask Dr. Steinkopf tomorrow when I go to school."

（訳本65頁）

●独立的に排除して

瀬川《盛んに「独立的に排除して」が出て来ますが、この流行語はドイツではやっているのですか？ 日本ではないそうですね。ここで特にQuotation mark（筆者註：引用符、括弧）がついているのは何故でしょう。"solely and exclusively"でよろしいですか？ 特別に使うべき言葉があればお教え下さい。"independently and exclusively"じゃあまり意味が違うし、"independently excluding"といえば意味が通じないようです。》

開高《日本にもドイツにもそういう流行語はありませんでしょう。〝断固として〟とか、〝断然〟とかの意味。それをちょっと法律用語くさく、イカめしく表現したがっているのでしょう。おそらく"solely and exclusively"でしょう。》

瀬川が〝流行語〟かといぶかしがるくらい、「独立的排除」という言葉は『夏の闇』に頻繁に登場する。開高の手紙にあるように、女性の言葉には不似合いなイカめしい表現だが、これは『夏の闇』のモデルの女性の口癖だったのだろう。開高はそれをそのまま作品の中に取り入れたが、そうとは知らない瀬川はそれぞれの文脈にあわせて訳し分けている。

「でも私、チャプスイ、好きなんだもの。オカキなら、〝柿《かき》の種〟よ。（略）あれさえあったら、私、たいていのことに耐えられそうね。ほかのやつらがどうなろうと独立排除的に幸福でいられるな、私」（文庫29頁）

"But I like chop suey. And as for rice cakes, I like 'persimmon seeds.' (略) As long as I have those rice cakes. I can stand almost anything. No matter what other people are doing, I can be independently happy all by myself."（訳本21頁）

ここでは「独立排除的に幸福」は「independently happy」と訳されている。この他の箇所では「Just one」と訳したり、「absolutely and utterly」などと訳し分けている。

●はげしく舌打ちする気配がした

瀬川《〝はげしく舌打ちする気配がした〟——本当に舌打ちしたのですか？　それとも舌打ちするような口調だったということでしょうか。》

開高《ほんとうに舌うちした。その気配がした。音はハッキリとはしないまでも舌うちした気配はハッキリとした。》

男がまたベトナムへ行きたがっていることに気づいた女との間がぎくしゃくしてくる。「湖ではあんなにうまくいったのに。うまくいっていると思ったのに。（略）一夏《ひとなつ》、棒にふっちゃった。（略）」

はげしく舌うちする気配がした。

（文庫269頁）

She clucked her tongue angrily.

（訳本193頁）

開高の説明では、ほんとうに舌打ちしたのか、その気配がしただけなのかがわからない。そもそも舌打ちする気配とは？　瀬川も同じように悩んだに違いない。結果として瀬川は「彼女は本当に舌打ちした」と理解して「She clucked her tongue angrily.」と訳した。

●ウンコちゃん、ネズミちゃん

瀬川《ウンコちゃん、ネズミちゃんっていうととてもかわいらしくて感じがいいのですけれど、My darling Shit, My beloved mouse なんていうとぶちこわしですから、そのまま Unko-chan, Nezumi-chan にいたします。よろしいですか？　初めに意味だけはあきらかにしておきます。》

開高《ドイツのバヴァリア地方のある田舎のあたりでそう呼びあうらしいのですが、英語でネズミのことをかわいらしく子供が呼ぶときに日本語の〝ちゃん〟に相当するいいかたはありますか。ネコならpussyとかpussy catでしょうが、ネズミやウンコをかわいらしく縮少詞をつけるとUSAではどうなるのでしょうか。その道の通に聞いてみて下さい。バヴァリアのその地方ではMy darling mouseそのままをドイツ語でいうらしいのですが。》

湖で釣りをするためアルミボートを桟橋の端までひっぱっていき、オールを整えたり、釣道具を積み込んだりしているときの女の言葉。


「このあたりの人はね、夫婦、恋人、親子、何でもいいけれど、親しいものどうしのあいだでは、ウンコ、ネズミって呼びあうのよ。ほんと。（略）」

「どう呼ぶんだい？」

「あなたっていわないでウンコって」

「ちゃんをつけてごらん」

「ウンコちゃん」

「そうそう。それならいいよ」

「ウンコちゃん、ネズミちゃん」


（文庫188頁）

"The people here——couples, lovers, parents, children——all who have close ties call each other turd and rat. It's true.（略）"
"What are you going to call me?"
"Instead of your name, I'll call you 'turd.'"
"Add a diminutive to it."
"My sweet little turd!"
"O.K. That's all right."
"Sweet little turd! Sweet little rat!"

（訳本135頁）

『夏の闇』の中では主人公たちがどこへ釣りに行ったかは書かれていない。たんに「山の湖に行った」と書かれているだけだが、手紙の中で開高はそれが「ドイツのバヴァリア地方のある田舎のあたり」と書いている。

瀬川の毛鉤に関する質問の項でも書いたが、『夏の闇』の中で山の湖に行ったときのこととほぼ同じ話が、開高の著書『私の釣魚大全』のふたつの章「バイエルンの湖でカワカマスを二匹釣ること」と「チロルに近い高原の小川でカワカマスを十一匹釣ること」に書かれている。

ドイツの釣具屋の店主に勧められ、地図をにらみ、釣り場ガイドブックを分析した結果、開高が最初に向かったのは上部バイエルンのジムス湖。ここで開高は五一センチと四九センチのカワカマスを釣り上げたが、五五センチ以下のカワカマスはリリースする決まりだったため、二匹とも湖に戻してやった。

次に向かったのがジムス湖のおとなりシュヴァーヴェン州。ホッフェン湖に注ぐホッフェラウアー・アッシュという高原の小川。この章の冒頭に「ウンコちゃん」「ネズミちゃん」の話が書かれているのである。

（略）それにこのシュヴァーヴェン州の住民は性ははなはだ素朴にしてラブレェ風なところがあり、もちろん語源、語幹にいちいち思いをはせることなく、ほんの習慣としてであるが、《マイ・ダーリン》とアメリカ人ならいうところを、《シャイセルレ》というと、聞くのである。これを訳せば《ウンコちゃん》である。（略）

コーヒーを飲みながら、ニッコリ

「おいしいね、ウンコちゃん」

「よかったわ、ネズミちゃん」

とかわしあう。

冗談ではない。一人の錚々たる言語学者にそう教えられたのである。《ウンコちゃん》は《シャイセルレ》、《ネズミちゃん》は《モイシェン》である。


『私の釣魚大全』と照らし合わせると、『夏の闇』の山の湖、開高が「ドイツのバヴァリア地方のある田舎のあたり」と書いたのがシュヴァーヴェン州のことだということがわかる。

シュヴァーヴェン州に限らず、ドイツでは親しい男女や家族が動物の愛称で呼び合うことは珍しくない。「ネズミちゃん」もその一例で、ドイツ語では「maus」とか「mausi」「Mäuschen《モイシェン》」という。女性が彼氏を「ウサギちゃん」(Hase/Hasi)と呼んだり、男性が彼女を「スズメちゃん」(Spatz/Spatzi)と呼ぶこともこれまたドイツでは珍しいことではない。ひとつ疑問なのは翻訳本ではなぜ「mouse」ではなく「rat」を使っているのかということ。同じネズミでも「rat」はドブネズミのような大型のネズミのことで、ハツカネズミのような小型のネズミは「mouse」という。ミッキーマウスを持ち出すまでもなく、「mouse」のほうがかわいらしさを強調できるはずだが。

問題なのは「ウンコちゃん」だ。ドイツ語で「Scheißele」(シャイッセレ)、瀬川はこれを「turd」(タード)と訳したが、「excrement」とか「feces」だとフォーマルすぎるし、「shit」だと罵声になってしまうので、少し古風ではあるが「turd」という言葉を使うことにしたそうだ。しかし、「turd」であれ、「Sweet little turd」であれ、ウンコはウンコだ。自分の大切な人のことをそのように呼ぶとはとても思えない。いくらシュヴァーヴェン州の住民が、荒唐無稽な糞尿趣味を盛り込んだ小説『ガルガンチュワとパンタグリュエル』の作者として知られるフランソワ・ラブレェ（一四八三〜一五五三年）風なところがあったとしてもだ。

「ウンコちゃん」と呼び合う風習が彼の地にあるのかどうか、残念ながら今回その確証は得られなかった。ドイツ大使館に問合せてみたが、真面目な問合せと受け止められなかったのか、返事をもらうことはできなかった。そんな中、ベルリン在住二〇年以上の女性から以下のような返信があったことを書き加えておく。

「シュヴァーヴェン地方出身の相方に聞いてみましたが、親しい人をウンコちゃんと呼ぶというような事実はないようです。シュヴァーヴェン地方の言い回しで、Scheißele, Frau（Herr）Eisele!（ウンコちゃん、アイゼレちゃん）という韻を踏んだ言い回しがありますが、これは〝あら残念〟というような意味です。ほかにもシュヴァーヴェン地方出身の人たちに聞いてみましたが、「ウンコちゃん」と呼ぶのは誰も聞いたことがないということでした。」

ちなみに開高のウンコ好きは知る人ぞ知るところで、『雲古』などの当て字を考え出して作品中で使ったりもしている。飲食店で色紙を頼まれた折など、「この店ではいい雲古の出るものを食べさせてくれます。」と書いて、店主を閉口させることも少なくなかった。

●時代おくれのブロークの詩

瀬川《時代おくれのブロークの詩。William Blakeじゃありませんね。Rupert Brookeですか？ちょっと心あたりがありません。Spellingをお知らせください。できればfirst nameも。註を

つけないとアメリカ人はブロークなんて知らないようです。》

開高《ブローク。ロシアの詩人。Alelksandr Aleksandrovich Blok. 1880—1921。初期には象徴主義の色濃い詩を書いていた。》

どこの馬の骨ともわからない男の精液だってもらってきて、それで子供を作って、それを乳母車にのせて公園へつれていってやって、私は毛糸の靴下を編むか、**時代おくれのブロークの詩を読むかしてね**。ときどきその馬の子にババババババ、ブーッ、ブワッっていってやるのよ。（文庫173頁）

and I'll knit woolen socks or read him the old-fashioned poems of Blok.（訳本124頁）

瀬川は「註をつけないとアメリカ人はブロークなんて知らないようです。」と手紙に書いたにもかかわらず、訳本ではブロークについては何の説明も加えずにただ「Blok」としている。「時代おくれのブロークの詩を読むかしてね。」という女の台詞は、女のモデルが佐々木千世子であることを考えれば合点がいく。早稲田大学露文科を卒業した佐々木千世子はロシア文学研究家を名乗ってロシアの詩人の詩を訳したりしていたからだ。一九六〇年に平凡社から出版された『世界名詩集大成』（全一八巻）の第一三巻ソヴェト篇には佐々木千世子が訳したブロークの詩『うるわしきひとのうた（抄）』と『スキタイ人』が収録されている。こうしたバックグラウンドを持つ女性だからこそ、「時代おくれのブロークの詩を読むかしてね。」という台詞が口をつくのだと納得できるというもの。

瀬川の質問にすべて答えた開高は、次のように手紙を締め括っている。

開高《ほかに、何か？

——勤勉な日本人より——

（略）いいホンヤクを期待しています。

今日、東京は雨です。

——ものすごく勤勉な日本人——》

3 初対面の開高の印象は〝健康過剰児〟

瀬川がはじめて開高に手紙を書き、その手紙に開高が返信をしてから一ヵ月ほどあと、日本に一時帰国した瀬川と開高の初顔合わせが実現する。一九七二年一一月のことだ。この日のことを瀬川は前出の『これぞ、開高健。』への寄稿文の中で次のように書いている。

赤坂の某ホテルのロビイに入ると、目の前に私の知っている十年前の写真とは似ても似つかぬ健康過剰児が神妙な顔で坐っていた。挨拶のあと、氏は日本の洒脱な料理を知らない私を界隈の河豚屋へ連れて行って下さった。そこでお酒の一滴も飲めない面白くない女は開高氏がその屋の主人とかわす漫才を聞かされて笑いころげた。それを皮切りに日本へ行く度に私はやたらと御馳走になりやたらと笑わされている。私が欠食児童に見えるのか、それとも人類すべて喰う為に生きていると信じてか、料理通の牧羊子氏と説明入りで御馳走して下さる。

初対面でのあれこれは、二人の手紙のやりとりの中でも話題になっている。

瀬川《開高健様、滞京中、お忙しいにもかかわらず、お会い下さり、又思いがけない珍味を御馳走くださいました事、心から御礼申上げます。

執念怨念のこもった白子をたっぷりいただきましたので、風邪にもめげず元気に帰り着きました。開高氏の文章の粘度の高いのも、日頃白子をたくさん召し上がっていらっしゃるからではないかと存じます。ああいう物をしょっちゅう召し上がっていらしては、胸さわがしく、息がつまり、血がたぎって、お酒を飲まざるを得なくなるのも当然と存じます。（略）

今日お昼に家へ帰ってみましたら、『輝ける闇』と文庫本がもう届いておりました。びっくりして、あわてて御礼を申上げる次第です。キンベンなる日本人はあくまでもキンベンにして真面目なるかな、と思いました。今夜たのしみに読ませていただきます。

与太呂さんのお相手をなさって、口でドタバタを演じていらした時のあなたは面白い大阪人でしたが、お帰りのときの歩き方を見てると、あざやかに変身して（今の流行語の意味ではありません）すこし気取った、東京の知識人の中ではもっともスマートな部類に入る歩き方（而

して孤独）をなさるので感心いたしました。ヤマトの歩き方の汚いのを御存知なので、歩き方を練習なさったのかしら。（略）

ではまた。さまざまの御礼まで。詩人の、田園的なお名前のおくさまによろしく。

瀬川淑子　瀬川*Cecilia Segawa Seigle*拝》（一九七二年一二月五日）

手紙に出てくる与太呂は天ぷらの名店であり、かつまた鯛めしなどの和食も人気の有名店。本店は大阪だが、二〇一九年までは六本木にも店があった。

開高《フグと白子とタイめしとお茶と私の歩き方をほめてくださった手紙をありがとうございました。この一年（これまで毎年そうでしたが——）旅館や安下宿や三文ホテルを泊まり歩いて暮らしていたのですが、いささか疲労をおぼえ、財布もぺたんこになったので、たまたま家へ帰ってきたところで拝読した次第です。

私は41歳のサン・ファーミュ（家なき児）であります。この12月30日で42歳になります。17歳の頃に憎みに憎み、とてもあんなになるまで生きてやるものかと思いつめ、また生きられそうにないと思いこんでいた、そういう年頃のヌラヌラしたおっさんとなるのでありますゾ。おっさん。オッサン。（略）

致酔性飲料のことなら私は多少、心得と経験があるつもりですが甘いもののことはもう20年近くも口にしたことがないので、全くわかりません。しかしお手紙を読むとヨタロのお茶を飲みたいけれどそちらではヨーカンがべらぼうな値がするとありますので、ヨーカンを別便でお送りすることにしました。〝虎屋〟のを選びましたが、私はまったく無知ですから、御満足頂けるものやら、どうやら。お茶がなくなり、そして、ヨタロのでよかったら、手紙で遠慮なくいってください。外国にいるときに母国の味がどれだけ深刻な影響を持つかについては私もいささか経験がありますから、手に入るものなら何でも送ってあげられます。

東京では腐った年が逝きかけ朽ちた年が生まれつつあります。またお便りをください。

瀬川さま　　ごぞんじ》（一九七二年一二月三〇日）

開高から届いた羊羹については、先に引用した『生きるとは…、キャアー』の中で瀬川は次のように書いている。

フィラデルフィアへ帰って来ると、重い航空便がドサリと届いた。書信によると、お茶にあうものがないから日本茶を飲む気にもなれないと私が言った（そうな）ので、虎屋の羊羹を三本送ってくださったのだ。切手がたしか六、七千円分貼ってあった。丁度来ていた姪が首をかしげて、新しいうちに喰べさせてやろうというお心遣いは素晴らしいけれど、航空便の内容をこんな重い物になさったのは賢明ではありませんね、とこまっしゃくれて言った。この思い遣りは（略）牧さんの影響もあると思うが、まことに心やさしい限りであるのに、私は甘い物が嫌いで羊羹が欲しいと言った覚えはないので余計可笑しかった。

第3章

『夏の闇』と『Darkness in Summer』

「これから私には小説を書くという地獄がはじまります。しばらく世間から姿を消します。」

（一九七三年六月二六日）

1
開高に着目した名編集者ストラウス

『夏の闇』の英訳本『Darkness in Summer』の版元であるアルフレッド・A・クノッフ社（ALFRED A. KNOPF）は一九一五年に設立されたニューヨークの出版社。ノーベル文学賞やピュリッツァー賞、アメリカで最も権威のある文学賞のひとつであるナショナルブックアワード（全米図書賞）などの受賞作を数多く世に送り出した名門であり、ヨーロッパやアジア、ラテンアメリカの作家の作品に力を入れていることでも知られる出版社だ。一九六〇年にランダムハウスに三〇〇万ドルで買収され、現在は世界最大の出版社ペンギン・ランダムハウスのグループ会社になっている。

開高と瀬川の間でやりとりされた手紙の中では、アルフレッド・A・クノッフ社を略してクノッフ社、ときにクノップ社、あるいはクノフ社と表記されている。正しい発音は「ノーフ」だが、本文中では表記を「クノッフ社」に統一する。

このクノッフ社で、『夏の闇』の翻訳本の編集を担当したのが日本文学に精通していたハロルド・ストラウス。クノッフ社を日本文学の最前線に押し上げたとまで評される名物編集者だ。

一九〇七年生まれの生粋のニューヨーカー。全米屈指のエリート校であるホレス・マンスクールからハーバード大学に進み、一九二八年卒業（理学士号）。卒業後は出版業界に身を投じ、三度目の転職で一九三九年にクノップ社に就職。副編集長を三年、編集長を二四年勤めたのち、一九六六年に編集顧問になった。『夏の闇』の翻訳の編集を手がけたのは編集顧問をしていた時期ということになる。副編集長だった一九四三年にアメリカの陸軍航空隊に入隊、軍の語学学校で日本語を学び、終戦後は進駐軍の一員として一九四六年九月まで日本に駐留した経験を持つ。

日本から戻ってクノップ社の編集長になったストラウスは一九五四年に大佛《おさらぎ》次郎の『帰郷』、谷崎潤一郎の『蓼食う虫』の英訳本を手がけ、戦後はじめて日本の小説をアメリカの読者に紹介した編集者といわれることになる。その後も安部公房、三島由紀夫、川端康成等々の日本人作家の作品を数多く手がけた。日本文学をより多くのアメリカ人に関心を持ってもらいたいという願いから、日本文学に関する記事を「ニューヨーク・タイムズ・ブックレビュー」「ザ・ニューヨーカー」「アトランティック」などの雑誌に精力的に寄稿したりもした。

このようなキャリアを持つストラウスが開高健に注目し、『夏の闇』に目をとめたのは日本文学の系譜からして必然というべきだろう。

クノップ社のリーダーをしていた瀬川にストラウスが『夏の闇』の評価を依頼し、瀬川が「この小説は売れない事請合だが、日本文学の為に翻訳すべきだ」とストラウスに進言したことから、『夏の闇』の翻訳出版話が進みはじめたことは前に書いたとおり。

『夏の闇』の英訳出版のきっかけをつくったストラウスは、開高と瀬川の往復書簡の中にもたびたび登場する。「ストラウス氏」と書かれていることもあるが、多くは「スト爺」であり、「ストラウスのおっさん」や「海坊主」であり、ごく稀に「Strauss氏」だったりする。

「海坊主」の名付け親は瀬川である。瀬川が手紙に描いたストラウスの絵がきっかけだ。

瀬川《急に暑くなり、先週水曜にニューヨークへ行って窒息しそうでした。スト爺に会いに行って、小山のような、雌牛のような老人が、のろのろと仕事をしているところを見て来ました。こんな感じ、つまり首がない。海坊主です。》（一九七三年六月一三日）

瀬川が便箋の端に描いた海坊主の絵を見た開高は、こう返信している。

開高《お手紙にはわらいました。ストラウス氏のポートレートが雪ダルマのように見えますが、私が二度ほど会ったときはまだ首がありました。》（一九七三年六月二六日）

以下、開高と瀬川の往復書簡の中からストラウスの名前が出てくる箇所をいくつか拾ってみる。

瀬川《翻訳の方は十二月三十一日までにストラウス氏に送れるかも知れません。クリスマス時分、又ガタピシするので、落着きませんが、最善をつくします。翻訳がStrauss氏のお気に召すかどうか。開高氏にご満足いただけるかどうか。三島の『春の雪』と『奔馬』のようにストラウス氏が全部書き直し、というようなはめになったとしても、とにかく最終のものがあなたのお気に召すものであるべきだと思います。そうして文学作品として読めるような翻訳でなく

ては。》（一九七二年一二月五日）

三島由紀夫の『春の雪』は『Spring Snow』というタイトルで一九七二年に、『奔馬』は『Runaway Horses』というタイトルで一九七三年にクノッフ社から出版されている。翻訳したのはマイケル・ギャラガー（Michael Gallagher）だが、瀬川はそれをすべてストラウスが書き直したといっているわけだ。できのわるい原稿を編集者がすべて書き直すことは決して珍しいことではないが、マイケル・ギャラガーは三島由紀夫の『春の雪』の翻訳でアメリカで最も権威のある文学賞のひとつである全米図書賞の一九七三年度のファイナリストになっているので、ストラウスがすべて書き直したものだということになれば、これはかなりスキャンダラスな暴露話ということになる。

瀬川《開高様、月並にまずはクリスマス、新年おめでとうございます。クリスマスの騒ぎでとうとう年末までにストラウス氏に原稿をお送りする事が出来ず、23日に電話で許可を得ました。大奮闘の結果、本当によくなりました。自分ではかなり満足していますが、ストラウス氏のお気に召すかどうか。》（一九七二年一二月二六日）

開高《ニューヨーク・タイムズそのものにもちょっと書かないかという手紙がありました。これはストラウスのおっさんの推選らしい。》（一九七三年八月　日付不明）

開高《去年新潮社の沼田六平太という人物がニューヨークへいってストラウスのおっさんと会いました。沼田氏は私の親友であり、よき少数の理解者の一人なので、もう永いつきあいです。

ニューヨークのおっさんは1974年にはおれは半引退するからそれまでに開高に第3部を仕上げるようによく言うようにと、念を押したそうです。小生としてもできることならおっさんの糖がアタマにまわりきらないうちに仕上げたいものだと思っているのですが、うまくいってくれるか、どうか。》（一九七四年一月二四日）

沼田六平太は、海外の優れた作品を見抜く目を持った名伯楽などとも評された新潮社の編集者。「第3部」とあるのは、『輝ける闇』『夏の闇』に続く闇シリーズの第三部のことだ。

『Darkness in Summer』の出版から一年後の一九七五年、ストラウスは心臓発作で死去している。このとき「ニューヨーク・タイムズ」は以下のような死亡記事を掲載した。

戦後、欧米の読者に日本文学を紹介したパイオニアである編集者ハロルド・ストラウス氏が木曜日の夜、心臓発作のため自宅（サットン・プレイス二二五番地）で死去した。享年六八歳。ストラウス氏は大佛次郎の小説を手がけた他、安部公房、谷崎潤一郎、三島由紀夫、そして一九六八年にノーベル文学賞を受賞した川端康成らも担当し、かつては難解で遠い存在と考えられていた日本文学に対する西洋人の関心を刺激する中心的な存在とみなされた。（略）ドナルド・L・キーン教授は昨年ストラウス氏に次のような賛辞を贈った。「近代日本文学が世界の文学の中でその地位を占めることを可能にしたのは、出版界の誰よりも彼の功績であった。」

ストラウスの訃報に接したときの瀬川と開高の反応は次のとおりである。

瀬川《今私の秘書が電話をかけて来て今日のニューヨーク・タイムズ紙を見たかと云いますので、一日カンヅメでホンヤクしてたから見ていないと云いますと、クノッフのストラウス氏が亡くなりましたよと申しました。シンゾー麻痺で68才だそうで、何ともお気の毒に存じます。スト爺とか海坊主とかいってたけれど、それはおおいに親愛の情をもって言っていたのです。いい人でしたから。せっかく引退したのにそれをあまりたのしむ暇もなくて亡くなられましたね。開高さんもいい理解者を一人なくされたという事になります。残念です。》(一九七五年一一月三〇日)

開高《ストラウスが死んだ。ええおっさんやったと申上げます。南無森羅万象。》(一九七五年一一月三〇日)

あえて多くを語らず、言葉短くストラウスの死を悼んだところに、逆に開高が少なからず衝撃を受けたことが窺える。その半年ほどあと、開高はストラウスの死に関連して、瀬川に次のような手紙を書いている。

開高《先日ランダムハウスの社長が来る。ランチを一緒に食べる。クノップのストラウス氏が死んでから日本文学紹介のドアが閉じたが、今後、ランダムで再開したいという話。(略)ランダムがドアを開いてくれると有難いのですが……》(一九七六年六月二六日)

ストラウスの死から六年後の一九八一年、アメリカ芸術文学アカデミーはストラウスの名前を冠したストラウス・リビング賞を創設している。優れた作家二人に年一〇万ドルを二年間支給する手厚い賞だ。

2

下手な訳文では開高が浮かばれない

ストラウスが亡くなる前、ほぼ一年がかりで『夏の闇』の翻訳を終えた瀬川が、知人にタイプ打ちしてもらった原稿をクノッフ社に送り届けたのは一九七三年の年明け早々のことだ。瀬川が送った原稿に、瀬川の言葉を借りるならば〝ベテラン編集者が腕をふるって切ったり貼ったり〟したものを送り返してきたのが五月、編集者が手を入れた原稿に対する訂正や修正を書き出したメモを持って瀬川がニューヨークのクノッフ社のオフィスを訪れたのが六月。その直後、瀬川は開高に次のような手紙を送っている。

瀬川《エディターがとても上手に手を入れてくださり、それに対して訂正や評を七頁程書いて持って行ったのです。専門家だけあって、やはり推敲がうまいと思わざるを得ません。少し遠慮して、お上品に婉曲に訳しておいたところを、ずばりずばりと直してあります。少々ショッ

キングだけれど、もともとがショッキングな所も多いから、全体的効果がよければそれでいいと思います。（略）

題材が非常にsophisticated（筆者註：洗練されている）だから、スタイルもニューヨークのsophisticationの先端を行く連中が、すらすら読んでおかしくないようなものでないといけないと思います。エディター訂正の間違っている所、いい足りない所、原文のオリジナリティが失われた所は抗議しておきましたが、多少の妥協はやむを得ないと思うのです。》（一九七三年六月一七日）

瀬川の訂正やら抗議やらを反映させた校正刷りが出たのは八月。八月一九日の夜、一〇日間の旅から瀬川が帰宅すると校正刷りが届いていて、「八月二〇日迄にお戻しあれ」と書かれたメモが添えられていた。二〇日迄に戻すのは無理だとクノッフ社に電話した上で、瀬川はすぐさま著者校（訳者校）にとりかかる。

改めて読み直してみると、翻訳者として見過ごせない表記ミスや編集ミス、翻訳ミスが見つかった。校正刷りに目を通して気づいた諸々を、四〇〇字詰めの原稿用紙換算で一〇枚以上にもおよぶ長文の手紙にしたためて瀬川が開高に送ったのは八月三〇日のことだ。以下にその抜粋を列挙する。

●巻頭の文章を訳し忘れていた

『夏の闇』の本文の前に開高が書き記した『黙示録』の一節、「われなんじの行為《おこない》を知る、なんじは冷《ひや》やかにもあらず熱きにもあらず、われはむしろなんじが冷《ひや》やかならんか、熱からんかを願う。」を訳し忘れていた。

瀬川《迂闊な話ですけれど、『夏の闇』の扉の、黙示録の英訳を探すのを忘れていました。スト氏も何とも言わないし……。それにしても本が出る前に思い出してよかったと胸を撫で下ろしました。私は昔カトリック信者だったくせに、背教者になってしまって、聖書も持ち合わせておりませんので、一昨日図書館へ行って、黙示録を一頁一頁めくって探しました。わりと始めの方にあったので助かりました。はじめスト氏に開高さんに手紙で訊くと書いておいたのですけれど、それもめんどうくさく、柄にもなく何年ぶりかで聖書を開くというしおらしい行為に至ったのです。スト氏には知らせておきました。》

『夏の闇』の冒頭、開高は『黙示録』としか書いていないが、瀬川は「BOOK OF REVERATION CHAPTER 3, VERSE 15」（黙示録第三章一五節）と詳しく記している。

●「……」**勝手に省略されていた！**
『夏の闇』の終盤に私と女の次のようなやりとりがある。

「またあそこへいくつもりね」

"You intend to go back there, don't you?"

「……」　"……"
「私から逃げたいことが一つね」　"One reason is to escape from me, isn't it?"
「……」　"……"
「いきいきしてきたわ」　"You were really aroused."
「……」　"……"

（文庫249頁）

ところが、この部分を含め、開高が「……」と書き、瀬川が「……」と訳した箇所が、校正刷りでは編集者によってすべて削除されていた。

"You intend to go back there, don't you? One reason is to escape from me, isn't it? You were really aroused."

瀬川《呆れたことに、"……"としてある所が例外なく全部抜き去られ、二人の会話で一人が沈黙している所まで、ひとつの引用符の中で、一人が勝手にしゃべりまくっているように印刷してあるのです。私は全く心配になってしまいました。所々、会話の途中でなく、雨の中で声の聞こえない所、つぶやきのききとれない所で"……"というのがあり、それはクノッフのエディターがおかしいからと取ってしまったのですが、ちゃんと残しておいた所まで削除してあるのです。これは厳しく抗議しておきました。》

●そこで単語を切るなんて！

日本語ではありえないことだが、英語の場合は一行に文字が入りきらない場合に単語の途中で切って次の行に続けることがよくある。単語を途中で切る場合にはシラブル（音節）で切るのが基本だが、校正刷りではおかしなところで綴りが切られている箇所が数多く見られ、たとえばKoto District（江東区）がKō/tōではなくK/ōtōになっていたりした。また、本来は区切るべきではない人名も適切ではない場所で切られており、たとえばBashō（松尾芭蕉）がBash/ōになっていた。日本語を英訳した単語だけでなく、英語の綴りもおかしなところで切られていた。

瀬川《英語の綴りまで変なのが続出するので呆れてしまいました。この間スト氏に、コンピューターで印刷なさったのですか、と言ってやりました。ストちゃんは不審そうにいいや普通のやり方だよ、と言いましたが、専門の印刷屋があんな言葉の切り方をするなんて信じられません。》

●原作と翻訳でニュアンスが違ってしまった……

瀬川が翻訳し、その後何度となく推敲して書き直し、さらに編集者が推敲を重ねて手を入れている間に、原文と意味が少し違ってしまった箇所もあった。

瀬川《たとえば、「その頃は自分を殺す事はなく」とかなんとかいう所が、「その頃は私は自殺的でなく……」なんて事に変えられてしまっているのです。これは英文で読めば至極自然だし、心理的にsuicidalな人間というのはよく使われる言葉なのでエディターの推敲したものを読んだ時には何とも思わなかった個所なのです。》

「suicidal」は自殺的、自殺願望、自殺しそうな、という意味。「その頃は自分を殺す事なく」に該当するのは、フランスからドイツへ移動して女の住まいで過ごす初めての夜、女と出会った頃からのあれこれを男が回想するシーン。

> 私は若くて阿呆《あほう》だったから女の絶望や不幸が情事と悦楽にひりひりした辛味をそえてくれる気配だけをむさぼっていた。甘さは苦みと手を携えて進んでいかなければ完成されないが、そうと知るにはおびただしい自身を殺さねばなるまい。当時の私は自身を殺さないでおいて、貪欲《どんよく》だけに没頭していたのだ。（文庫76～77頁）

「甘さは苦みと……」以下の文章は次のように翻訳されている。

> Sweetness can only be experienced when contrasted with bitterness; but to know this requires a tremendous amount of self-sacrifice. In those days, I was never suicidal, merely rapacious about others.（訳本55頁）

直訳すると「甘味は苦味と対比して初めて味わえるものだが、それを知るためにはおびただしい自己犠牲が必要だ。当時の私は自殺的ではなかったが（自殺願望はなかったが）、他者に対しては強欲だった。」となる。確かに原文とはニュアンスが違う。原文の「自身を殺さねばなるまい」「私は自身を殺さないでおいて」は、「自身を押し殺さねばなるまい」「私は自身を押し殺さないでおいて」と解釈できるので、翻訳文は大分意味が違ってしまっているといわざるを得ない。

●翻訳者の反省、後悔、自画自賛

クノップ社の編集者が手を入れた部分とは関係なく、瀬川は自らの翻訳そのものに対して絶望したり、後悔したり、自画自賛したりと、さまざまな感想を持ったことを手紙に書いている。

瀬川《いつ読み返してみても会話のかたいのに絶望しています。できるだけ砕いたつもりですし、短い所は皆とても自然に行っていますけれど、長い、こみいった固い会話になるといかにも間の抜けたように聞こえるところがあるのです。私ははじめからこのいきいきした会話がどうして英語に再現できるか、非常に疑問に思って、書評を頼まれたときにもうすでにそれを指摘しておいたのですが、今またそれを改めて感じています。》

瀬川《一旦活字になってみると、短所と長所がまざまざと見えてしまうもので、ああ、あそこはこうすればよかった、ああ訳せばよかったと後悔しているのです。始めは日本語に近すぎて、なるだけ忠実に訳そうとしますが、だんだん自然な英語に変えて行くと、なんべんも書きいれ、打ち直した稿は、目がちらちらして、客観的に冷静に見られないものです。下訳ではぜったいに解釈の間違いをしなかったと思いますし、今でも日本文を読み返せば意味の不明なところはありません。（略）時間も限られ、能力も足りず、量で圧倒され、疲れきると「もういいよ」ということになるらしいのです。だから、註も、何と阿呆な事を書いたものかいなというのがあ

りますよ。もう少し書きようもあろうに、大急ぎで、このくらいでよかろという感じのものが。》

瀬川《原文のいいところはやはりよくて、あのババリア（らしい）山の湖の辺り等はなだらかに行っています。印象が鮮明で今度あのあたりへ行ったら、アッここだ、と人はすぐわかるだろうと思うくらい。はじめの方がすらすら行ってるし、おしまいが、また何ともいいのです。あの最後の東だわ、西だわ、といっているうちにどちらもけじめがつかなくなるという所が、うならせるくらいよく書けていると、いつも感心するのですが、英語でも印象はあざやかだと思います。》

ババリアは、ドイツ南部に位置するバイエルン地方の英語名。「あの最後の東だわ、西だわ」は、東西に分断されていたベルリン市内を走る高架鉄道ベルリン環状線に私と女が乗った物語の最後の場面である。その最後の一行が、実は『夏の闇』と『Darkness in Summer』では大きく異なっている。『夏の闇』では、いまだ戦渦の中にあるベトナムへまた行くことを心に決めていた私の提案で女と共に高架の環状線に乗り、乗っているうちに東も西もけじめがつかなくなった最後の場面は次のように終わっている。

〝東〟は暗くて広く、〝西〟は明るくて広かった。けれど、止まったり、かけぬけたり、止まったり、かけぬけたり、おりていく背も見ず、乗ってくる顔も見ず、暗いのが明るくなり、明るいのが暗くなるのを、固い板にもたれて凝視していると、〝東〟も、〝西〟も、けじめがつかなくなった。〝あちら〟も、〝こちら〟も、わからなくなった。走っているのか、止まっているのかも、わからなくなった。
明日の朝、十時だ。（文庫２９３頁）

環状線で東西をぐるぐる回っている描写が続いたあとに、それまでの一切合切を一刀両断するような鋭さで、「明日の朝、十時だ。」の一言で物語が終わっている。不意を突かれたような終わり方だ。物語を読み進んできた読者も、いったい何が「明日の朝、十時だ。」なのかすぐには理解できかねるような終わり方だが、それは仕方がないことなのだろう。なぜなら私にとってもそれは唐突だったからだ。

環状線に乗る直前まで、私はベトナムへ行くかどうか迷っていた。ベトナムへ行きたいという気持ちの一方で、私の頭の中では「まだ遅くはない。はずかしくもない。手のこんだいたずらだったことにして解消してしまってもいいのだ。パイク釣りにいってもいいのだ。」「東京へ帰って書斎へすわってもいいのである。これは日本人の戦争ではないのだ。」「私は決意していない。私は私にまだ追いついていない。」……等々の思いが交錯し、葛藤していた。それが環状線に乗っているうちに、私にとってもまったく唐突に「明日の朝、十時だ。」と腹が決まったのだから。

『Darkness in Summer』では、しかし、そのような終わり方にはなっていない。原文にはない一言が足されている。

East and West ceased to be distinguishable. I could not tell “Over there” from “Over here.” I no longer knew whether the train was running or standing still.
Ten o'clock...tomorrow morning...**the plane to Vietnam.**（訳文２１０頁）

「明日の朝、十時だ。」のあとに、「ベトナム行き飛行機」という一言が足されている。果たしてこれが瀬川が翻訳したものなのか、クノッフ社の編集者が手を入れた結果なのかはわからないが。どちらの終わり方がいいと思うかは読者によって意見が分かれるところだろう。

ちなみに、二〇一〇年に出版された『夏の闇　直筆原稿縮刷版』（新潮社）を見ると、当初は最後の一行が「明日の朝、南行きの席を予約する。」になっていたことがわかる。

●下手な訳文では開高氏は浮かばれない

瀬川《願わくは、読者の辛抱と興味の長続きせん事を。しかして最後まで読了されんことを。訳して筋が面白くて読む本ではなく、文章のおもしろさ、性格の描写の魅力で読む本なのですから、下手な訳文では開高氏は浮かばれません。結果がおもわしくない場合、責はぜんぶ私にあると存じます。お許しください。》

開高に許しを請いながら、その一方で『夏の闇』は〝筋が面白くて読む本ではない〟と自らの感想をストレートに著者に向けて書いているあたりが瀬川らしい。開高健を尊敬していながら、開高健に媚びることなく自分の気持ちをストレートに表現している。〝先生〟と呼ばれることを嫌っていた開高は、ストレートな瀬川の表現が小気味いいものに、好ましいものに思えていたのだろうと想像する。

3

一九七四年一月、『Darkness in Summer』発売

一九七四年一月中旬、瀬川が翻訳した『夏の闇』が『Darkness in Summer』のタイトルでアメリカの書店に並んだ。A五判のハードカバーで全二一〇頁。定価六・九五ドル。

表紙には朝焼けか夕焼けを思わせる赤紫から濃い紫に変わる空と、縹色《はなだいろ》とでもいうべき薄い藍色で描かれたなだらかな山を背景に、右手で乳房、左手で股間を隠して立ってる全裸の女と、仰向けに眠っている男の顔が大きく描かれている。部屋にいるときはいつでも全裸でいようという男の提案に従った女と、女の部屋に籠もって寝ては覚め、覚めては寝てばかりいた男をイメージしたイラストだ。開高はこのイラストについて「カヴァーの画の女がちょっと妙」だと書いている。

裏表紙には開高健の写真が大きく印刷されている。撮影者はT. DOSHOとなっている。写真の下に開高健のプロフィールが記されている。クノッフ社の編集者が書いたものと思われるが、わずか一〇行足らずの文章の中に初歩的な間違いが何箇所もあって驚かされる。開高健が当時アメリカではまったく無名だったことの証左ともいえるが、少し調べればわかるはずの事実を間違えていることに驚きを禁じ得ない。

開高健――日本で最高の文学賞である芥川賞と毎日出版文化賞の両方を受賞――一九三〇年日本生まれ。大阪で育ち、教育を受けた。当初は法曹志望（法学部に進んで学位を取得）だった

が、代わりに外国特派員になり、最初は国連で、次いでベトナムで活躍した。「夏の闇」は彼の三作目の小説であり、初の英語訳である。現在は東京在住。

一九五八年に『裸の王様』で芥川賞を、一九六八年に『輝ける闇』で毎日出版文化賞を受賞しているのはそのとおり。一九三〇年大阪生まれ、大阪育ちで、大阪市立大学法文学部法学科（現・法学部）に進んだのも事実だが、開高が法曹界を志望していたという事実はない。中学校入学直後に父親を亡くし、以後、一家の大黒柱としていくつものアルバイトをしながら家計を支えていた開高が、就職の際に少しでも有利になればということで選んだのが法学科だったというのが本当のところだ。

「代わりに外国特派員になり、最初は国連で」――この部分はまったく事実と異なる。

「『夏の闇』は彼の三作目の小説であり」（Darkness in Summer is his third novel）――という説明にいたってはまったくもって意味不明だ。どういう数え方をしたら三作目ということになるのかわからない。『裸の王様』で芥川賞を受賞した一九五八年から『夏の闇』を発表した一九七一年までの間だけでも『流亡記』、『屋根裏の独白』、『日本三文オペラ』、『片隅の迷路』、『笑われた』、『見た』、『揺れた』、『輝ける闇』、『青い月曜日』等々の小説を発表しているのだから。

表紙カバーの折り返し部分には日本文学研究者ドナルド・キーンの推薦の言葉が載っている。

開高健の小説『夏の闇』は、欧米に住む新しいタイプの日本人――決して故郷には帰らないと決意し、同胞との付き合いに憧れを抱きつつも、しばしば拒絶する――の物語である。この小説はあらゆる面で成功しており、重要な作家の幸先の良い翻訳デビュー作である。

ドナルド・キーンの言葉のあとに、著者と本の紹介文が続く。

『夏の闇』は、日本を代表する新しい作家の初の英訳作品である。開高は、日本の評論家によれば、三島由紀夫の次の世代において安部公房と並んでもっとも重要な小説家である。この作品は、西洋における日本人の経験について書かれた日本初の本格的な小説作品でもある。（略）セックス、食べ物や飲み物、街の通りや田舎の風景のあらゆる光景や音で五感を刺激しながら、二人は二人の世界を切迫感を持って味わい、落ち着きなくあちこちに移動し、究極の崩壊の恐怖から逃れようと戦い、最後にはまた別れ、別々に生き延びるために最善を尽くす。心を揺さぶる、不思議な優しさ、そして今日的なもの。この『夏の闇』は、アメリカの読者に現代の優れた小説家、そして新しい日本文学の感性と関心を紹介する。

4　『Darkness in Summer』で読む開高語

開高健は、目にみえるモノ、耳に聞こえるモノ、鼻で嗅ぐモノ、舌で味わうモノ、手で触れるモノ、頭で考えること、心で感じること、それらすべてを言葉で表現し尽くすことに心血を注いだ作家だ。古今東西の英知や自らの経験・知見を肥やしにした膨大な語彙力を駆使して「これぞ開高健！」というべき豊饒で濃厚な文体を作り出した。

作家の司馬遼太郎は、開高独特の文体を「巨大な土木機械を思わせるような文体」、「特殊金属でできあがったような文体」、「ほとんど開高語ともいうべきスタイル」と表現し、開高語を駆使して書き上げた『夏の闇』を「あたらしい日本語世界」と評した。五八歳で亡くなった開高健の葬儀の際に読んだ弔辞の中でそう述べている。

大地に深く爪を突き刺して掘りくずしてゆく巨大な土木機械を思わせるような文体の創造とその成長に驚くうち、やがて『夏の闇』にいたって、特殊金属でできあがったようなその文体は、いよいよ妖怪のような力を見せました。（略）まことに『夏の闇』にあっては、たかだかとした掘削機のアームが、全編に動きまわっており、それはあきらかに開高健によって改造された日本語であり、（略）この信じがたい手間ひまのあげくにつくりあげられたのが『夏の闇』であり、名作という以上にあたらしい日本語世界であり、おそらく開高健はこの一作を頂点として大河になり、後世を流れつづけるでありましょう。（略）開高健は、ナマの日本語を素材にして、セラミックをつくるほどの高圧を加えたり、冶金技術を施したり、科学処理をおこなったりして、ほとんど開高語ともいうべきスタイルをつくりあげました。

その『夏の闇』を、瀬川がどのように英語の世界に転生させたのか、『夏の闇』と『Darkness in Summer』（タトル・パブリッシング版）を読み比べて味わってみることにする。

その前に、瀬川がどのようなスタンスで『夏の闇』の翻訳に取り組んだのかを記しておく。引用元はＮＰＯ法人開高健記念会が企画編集した『ごぞんじ開高健――開高健記念会「紅茶会」講演集Ｖ』。同講演集に、『夏の闇』の担当編集者だった坂本忠雄と瀬川の対談（二〇〇九年七月二六日、於：茅ヶ崎市庁舎会議室）の対談が収録されている。題して「『夏の闇』翻訳秘話を語る」。この中で瀬川は次のように語っている。

「とにかく翻訳というのは英語でもフランス語でもロシア語でも何でもそうなんですが、出版した国で独立したいい文学作品として読めなければ、読んでもらえないでしょうし、売れもしませんよね。原作の表現と少し違ったものになっても仕方がない、なるべく文学作品としてうけいれられるように意訳するんですね。（略）とにかく日本語は形容詞や副詞が多すぎるんですね、三島の日本語もそうですね。日本語でしたら壮麗な美しい日本語なんだけれども、それをいちいち訳すと、とても読めないひどい英語になりますね。だから、本当に自由にさせていただいて、相当嘘を書きました（笑い）。というか、相当意訳を加えました。技術的に変えたところもありますし副詞や形容詞はどんどん切っちゃいました。皆さん御存知でしょうけれど、開高さんはいつも言葉は形容詞から腐って行くと言ってらっしゃいました。」

夏はひどい下痢を起し、どこもかしこもただ冷たくて、じとじとし、薄暗かった。膿《う》んだり、分泌《ぶんぴつ》したり、醱《はっ》酵《こう》したりするものは何もなかった。それが私には好ましかった。

（文庫5頁）

Summer was ailing with some terrible incontinent sickness and there was nothing but the cold, wet, and dark. There was no sense of burgeoning life or growth. That appealed to me.

（訳本3頁）

[直訳] 夏はひどい失禁病にかかっており、寒くて、湿っていて、暗いだけだった。生命が芽生え

たり、成長したりする感覚は何もなかった。それが私には魅力的だった。

白磁みたいに白いなかに血が青く沈んで、しっとり脂《あぶら》がのってるようだけど透明に澄んだ感じがするときがあるの。
（文庫19頁）

Sometimes the blue veins sink deeply into the porcelain white of the fatty tissue and show through its smoothness.
（訳本14頁）

[直訳] ときには青い静脈が脂肪組織の磁器のような白さに深く沈み込み、その滑らかさを透かして見えることもあるの。

夏はようやく熟しつつあった。新しい洪水期と氷河期のしるしはしばらく消えて、淡いながらも熱とふくらみをもった陽がいちめんにあふれていた。
（文庫65頁）

Summer was finally ripening. The signs of an approaching flood and ice age had temporarily disappeared, and a hazy but warm and expansive sun flooded the area.
（訳本46頁）

[直訳] 夏がようやく熟してきた。洪水と氷河期の兆候は一時的に消え、ぼんやりとした暖かく伸びやかな太陽があたり一面に降り注いだ。

全体はいつも細部にあらかじめ投影されてある。いつ

the final truth of an experience casts a

もそのことを私たちは忘れてしまう。そのため、全体に熱狂してやがて細部に復讐《ふくしゅう》され、細部に執して全体に粉砕されてしまうのだ。

（文庫261頁）

warning shadow before it in minute detail; but we forget. We are infatuated by the whole truth, only to be put off eventually by details; or we become too attached to the details and are destroyed by truth itself.

（訳本187頁）

［直訳］経験の最終的な真実は、細部にわたって警告の影を投げかける。しかし、私たちはそれを忘れてしまう。私たちは真実全体に夢中になるが、やがて細部に気を取られ、あるいは細部に執着しすぎて、真実そのものに打ちのめされてしまう。

死はついそこにきているが、私がここにいない。私は虫と人のあいだを漂っている。私は決意していない。私は私にまだ追いついていない。決意もできず、追いつくこともできず、いつでもひきかえせるのだと思いつつ、おぼろなままで、でていく。

（文庫289頁）

Death is just around the corner, but I am not here. I am between the insect world and the human one, drifting. I have not made up my mind. I have not yet caught up with myself. Without being able to come to any decision, without being able to catch up, thinking that I can return at any time, I must depart just as

I am, in confusion.（訳本208頁）

［直訳］死はすぐそこに迫っているが、私はここにはいない。私は虫の世界と人間の世界の狭間にいて漂っている。私はまだ決心していない。私はまだ私に追いついていない。決意もできず、追いつくこともできず、いつでも引き返すことができると思いつつ、混乱したまま、旅立たなければならない。

次に、開高がよく使った「常套句」を挙げておこう。

●美食と好色は両立しない

「**美食と好色は両立しないよ**」

「そうかしら」

「どちらかだね。二つに一つだよ。一度に二つは無理だよ。（略）二つ同時では眠くなるだけだ。」（文庫28頁）

“Good food and sex are not compatible.”（訳本20頁）

●心に通じる道は胃を通る

『夏の闇』のほか、『最後の晩餐』『花終わる闇』その他の作品やエッセイにたびたび登場する開高の常套句だ。

「いいわ。寝てよ。**心に通じる道は胃を通ってる**っていうけれど、あなたの胃を通っていたら心はたどりつくまでに眠っちゃってるってわけよ。」（文庫117頁）

（略）the way to one's heart is through one's stomach;（訳本84頁）

●男は具体に執して抽象をめざそうとしているが——

男は具体に執して抽象をめざそうとしているが女は抽象に執しながら具体に惑溺《わくでき》していこうとする。（文庫122頁）

Men feel attachment to the concrete and aim at the abstract, but women attach themselves to the abstract and yet try to indulge themselves with the concrete.（訳本88頁）

●女も魚も濡れものなんだから

釣師・開高健の常套句のひとつに「魚と釣師は濡れたがる」がある。とかく釣師は助平なものだという意味合いのフレーズだ。「女も魚も濡れものなんだから」はそれに通底するフレーズだ。瀬川が「Both women and fish are creatures」（女も魚も生き物）と訳したのは、開高の「魚と釣師は濡れたがる」というフレーズを知らなかったからだろう。

「おまけに女を釣りにつれていったらダメだという国

際的ジンクスもある」

「それは昔の話。いまは魚も変わったんですよ。いまの魚は女をつれてきてくれ、それなら釣れてやろうっていうのよ。**女も魚も濡《ぬ》れものなんだから。**そこはわかるの。」

（文庫180頁）

The modern fish says; 'Bring women; if you do, I'll be happy to be caught.' **Both women and fish are wet creatures;**

（訳文129頁）

●言葉としての「!」

オールが一《ひと》搔《か》きするたびに渦と泥が水のなかで起るが、**無数の〝!〟型の何かの稚魚の大群が右に左にゆらめくのも見られた。**この湖はよほど受胎力に富むと思われて私は浮きあがった。

（文庫189頁）

Mud swirled in the eddies made by each stroke of the oar, but **we could see schools of myriad tiny fish swaying like exclamation marks all around us.**

（訳本136頁）

「無数の〝!〟型」を、瀬川は「like exclamation marks」と書いている。つまり、「周囲には無数の小さな魚の群れが感嘆符のように揺れているのが見えた。」と訳したわけだが、ここは開高の遊び心を尊重して〝!〟をそのまま使ってほしかった。

●釣りは最初の一匹にすべてがある。

（山の湖で最初の一匹、四九センチのパイクを釣り上げた直後にふるえながら……）

「最初の一匹はいつもこうなんだ。大小かまわずふるえがでるんだよ。釣りは最初の一匹さ。それにすべてがある。小説家とおなじでね。処女作ですよ。だからおれは満足できた。」

（文庫196頁）

"I stake the entire operation on the first catch. That's everything. It's the same with a novelist. It's the initial work that counts."

（訳本141頁）

「釣りは最初の一匹」は、開高の釣り紀行文の読者には馴染み深いフレーズだ。

一匹でよろしいのである。魚釣りは最初の一匹にすべてがある。処女作に作家のすべてがあるように……（『私の釣魚大全』）

一メートルも一匹。二十五センチも一匹。一匹は一匹なのだ。そして最初の一匹に釣りのすべてがあるのだ。（『フィッシュ・オン』）

開高の文章には、「開高語」とでも言いたくなるような、独特の言葉（単語）が随所に登場する。瀬川も苦労しただろう。

●滅形

「滅形」は『夏の闇』の、というよりも開高健という作家を読み解く際のキーワードのひとつといってもいい言葉だ。滅形とは形あるものや人が影も形もなく滅び去るというほどの意味になるが、瀬川はこれを「欠落」「崩壊」「剝離」などの表現と同じく、開高健独特の躁鬱症の鬱状態のときに急に起きる心理的身体的変化と理解していた。

興味深いことに「滅形」は国語辞典や漢和辞典には収載されていない。梶井基次郎が同人雑誌『青空』（一九二七年四月号）に発表した『冬の日』の中で使ったのが最初で、つまり梶井基次郎による造語だという説が有力だ。梶井は次のように使っている。

圧しつけるような暗い建築の陰影、裸の並樹、疎らな街燈の透視図。——その遠くの交叉路には時どき過ぎる水族館のような電車。風景はにわかに統制を失った。そのなかで彼は激しい滅形を感じた。

開高はこの「滅形」という言葉が気に入ったようで、初期の文学作品でも用いている。

しかし、私が息をついたつぎの瞬間、一台の自動車が目のまえをかすめた。帽子はあえなく車輪のしたにつぶされ、その瞬間私ははげしい滅形を感じたのだ。（『巨人と玩具』初出：「文學界」一九五七年一〇月号）

日本語の辞書に出ていないくらいだから、「滅形」に該当する英単語はない。したがって翻訳者は文章を咀嚼して意訳することが求められることになる。『夏の闇』で滅形は以下の二箇所で使われているが、瀬川はそれぞれ次のように訳している。

ありありと思いだせるものはといえば心細いくらい少い。忘恩といってよいふるまいではあるまいか。**この滅形のひどさはどうしたことだろうか。**

（文庫１２９頁）

How is it that my obliviousness runs so deep?

（訳本93頁）

映画館からでてそれがまだ白昼だと、外光にふれた瞬間にひどい一撃をおぼえる。（略）まるで異星におりたような孤独をおぼえる。**滅形がたちなおるどころか、いよいよ深く食いこんでくる。**

（文庫１４５頁）

The deformation does not stop, but eats further into me.

（訳本１０５頁）

「obliviousness」は「忘却」、「deformation」は「変形」という意味だ。文脈を判断して滅形を訳し分けていることがわかる。

『夏の闇』の中で「滅形」という言葉が使われているのはこの二ヵ所だけだが、開高はさまざまな言葉を駆使して「滅形」を表現している。

窓のカーテンはしめたままなので、赤い闇《やみ》がたちこめるほかは、朝とも夜ともけじめがつかない。**私は形を**

It seemed as though my body had disappeared

失い、脳がとけかかっているらしく、いくら眠っても
つぎまた眠れた。
（文庫6頁）

and my brain had melted away;
（訳本4頁）

開高が感じる「滅形」、「形を失う」、「崩れる」のより具体的なイメージ、映像として、『夏の闇』では「繁茂」という言葉がよく使われている。たとえば作品の冒頭、学生街の下宿でうとうとしながら過去一〇年間の記憶を反芻しているうちに、主人公の私は自分の身体から蔓草が伸び放題に伸びていくような幻想にとらわれる。

それらは温室の蔓草《つるくさ》のようにのびるままのび、鉢からあふれて床に落ち、自身で茎や枝を持ちあげる力もないのにはびこりつづける。私からたちのぼったものは壁を這《は》い、天井をまさぐり、部屋いっぱいになり、内乱状態のように繁茂する。ちぎれちぎれの内白や言葉や観念がちぎれちぎれのままからみあい、もつれあい、葉をひらき、蔓をのばして繁茂する。
（文庫7頁）

The lassitude proliferated like a greenhouse vine that has run over from a flowerpot onto the floor, and still continues to grow even though it has not the strength to lift stem or leaf. The vitality that evaporated from may body crawled over the walls, sprawled across the ceiling, filled the room, and thrived like an internal confusion. Strands of monologues, words, and concepts entangled themselves without any connection; they entwined, opened leaves, and reached out with grasping tentacles.

（訳本4頁）

「蔓をのばして繁茂する」を、瀬川は「reached out with grasping tentacles.」と訳している。直訳すると「触手がのびてきた」という意味になる。

一方で、次では「繁茂しかかっている。」をさらに大胆に意訳し、「無気力が優勢になりはじめている。」としている

かれこれ、十年になる。朦朧《もうろう》としている。とらえようがない。私は人ごみのなかにいるのに**繁茂しかかっている。**

（文庫10頁）

It's been ten years. Roughly ten years. Everything is vague. I can't recapture it. **My lethargy is beginning to take the upper hand again**, though I am now in a crowd.

（訳本7頁）

●まさぐる

「まさぐる（弄る）」（指先を使って触ったり撫でたりするという意味）という言葉は開高の文章によく登場する。多くの場合は「まさぐりようのない」という使い方だが、瀬川は開高の「まさぐる」「まさぐりようのない」をそれぞれの文脈に応じて訳し分けている。

私からたちのぼったものは壁を這《は》い、**天井をまさぐり、**部屋いっぱいになり、(略)
(文庫7頁)

The vitality that evaporated from my body crawled over the walls, **sprawled across the ceiling,**
(訳本4頁)

「sprawl」は(手足を)ぐっと伸ばす、(筆跡が)のたくる、という意味。「sprawled across the ceiling」で「天井に広がる」「天井をのたくる」という意味になる。

晴朗は充実から分泌《ぶんぴつ》されたもののようであった。**その晴朗もまた私にはまさぐりようのないものだったが、**(略)
(文庫75頁)

Her cheerfulness, too, was unfathomable to me,
(訳本54頁)

ここでは「まさぐりようのない」を「unfathomable」(計り知れない、深遠、解せない)という言葉で表現している。「まさぐりようのないほど広大な」を「too largre to touch」と訳している箇所もある。

第４章

期待はずれだった『Darkness in Summer』の評価

「生きるとは恥をかさねることにほかなりません。キャアー。」

（一九七七年六月三〇日）

1

ドナルド・キーンからの手紙

ドナルド・キーンは文壇の交遊録をまとめた著書『声の残り　私の文壇交遊録』（朝日新聞社／一九九二年）の中で、「開高は、小説『夏の闇』の英訳本が出るのを、とても楽しみに、待ちもうけていた。」と書いている。しかし、同時に不安もまた大きかったのではないか。選び抜き、磨き上げた一字一句、練りあげた独特の文体、推敲を重ねて書き上げた文章、行間に込めた思いなどが、果たして忠実に英語に置き換えることができるのかどうかと。

この不安はすべての作家が感じることだが、とりわけ開高にはその不安が大きかっただろうことは容易に想像される。司馬遼太郎が指摘しているように、『夏の闇』は開高によって改造された開高語で書かれた「新しい日本語世界」であるからだ。その新しい日本語世界が、翻訳を通して新しい英語世界を作り出すことができるのかどうか……という不安を開高が感じたとしても少しも不思議ではない。

不安を感じたとしても、文学における言葉の壁は厚く高く、それを作者自身が払拭できる術はほぼないのが現実だ。開高は、外国人相手に英語で自由にコミュニケーションを取れるだけの語学力を持っていたが、それでも自身の英語力の限界は謙虚に心得ていた。

開高《私は英語がいくらか読め、いくらか話せますけれど、味あう《ママ》こと、吟味することはまったくできません。ことばとことばのひびきあいや、リズムの照応や、文体にあるメリ、ハリ、照り、というような大切なことになると盲目同然だと思っています。》（一九七四年一月八日）

開高に限らず、翻訳に関しては翻訳家任せ、現地の出版社の編集者任せにせざるを得ないのが実情だ。

出版社に関しては不安はなかったはずだ。クノッフ社は一九一五年の設立以来、ヨーロッパやアジア、ラテンアメリカの作家の作品を出版することで知られる出版社であり、そこには英語圏の読者に日本文学を紹介したパイオニアとされるベテラン編集者のハロルド・ストラウスもいたからだ。

翻訳を担当する瀬川については当初は不安を感じていたかもしれない。渡米してからの学歴こそ立派だが、こと翻訳に関してはペンシルベニア大学時代の師で日本文学や仏教の研究者だったE・デール・ソーンダース教授と三島由紀夫の『暁の寺』を共訳（英語のタイトルは『The Temple of Dawn』）した経験があるのみであり、かつ翻訳を生業にするプロでもなかったからだ（当時の瀬川の本業はフィラデルフィアにあるフランクリン研究所の極東デスク）。

そんな不安を打ち消すのに一役買ったのが、ドナルド・キーンから届いた手紙だった。

開高《他日ちょっと用があってドナルド・キーン氏に手紙をさしあげたところ——あなたが『夏の闇』を訳していることを書きそえておいたのですが——返事があって日本語で書いてい

るのですが、とてもあなたのことをほめていました。この春フィラデルフィアにキーン氏は三島さんのことを講演にいったのですが、そのあと、あなたから手紙をもらった。あなたの意見はとくに『暁の寺』についてキーン氏のそれとは異なるのだけれど〝すばらしく頭がよくて表現がハッキリしている〟ことについてたいそう感銘をうけたのだそうです。だから『夏の闇』の訳もきっといいものになるでしょうと私をはげましてくれています。ソーンダース氏もあなたのことを激賞していました。前便とおなじように今度も私は、たよりにしていますと書くよりほかないのですけれど、よろしくおねがいいたしますゾ。》（一九七二年一二月三〇日）

この手紙を受け取った瀬川は、折り返しの手紙で開高を軽くいなすような返事を書いている。

瀬川《開高健様、キーン氏やソーンダース氏のおっしゃることをまともに信じてはいけません。アメリカ人はいうことがなくなると共通の知人のことをほめるものです。つまり「今日は、どうも、その、いいお天気ですな」「イヤ、全くそうでありますな」というのと同じです。》（一九七三年一月三日）

この直後に、瀬川が仕上げた翻訳原稿に目を通したクノッフ社のストラウスからも開高のもとに手紙が届く。これもまた翻訳に対する開高の不安を解消するものだった。

開高《クノップからの手紙のコピーを同封します。"ストのくそじじい"は文面だとたいそう感動しているようですよ。作品が外国語になっていきるか死ぬかは訳者の腕ひとつなのですから、あなたの御努力にはお礼の申上げようもありません。ほんとに御苦労さまでした。文面どおりにうけとっていいものであるならば、あなたが最初にリーダーとしてストラウス氏につたえたこの作品の印象と、あなたの訳からストラウス氏がうけとった印象とはまったく一致しています。ストラウス氏の手紙を読みくらべてみると、コトバまでおなじです。"enthusiastic"です。》（一九七三年一月　日付不明）

「enthusiastic」とは「熱狂的」とか「熱心」、「やる気のある」という意味。前にも触れたが、クノッフ社のリーダーをしていた瀬川がストラウスに頼まれて『夏の闇』の批評を頼まれたとき、瀬川は一読して感銘を受け、「この小説は売れない事請合だが、日本文学の為に翻訳すべきだ」とストラウスに手紙を書いた。このときの瀬川の気持ちがまさに「enthusiastic」であり、瀬川の翻訳を読んだストラウスもまた熱狂的に感動したと書き送ってきたということだ。

2
『Darkness in Summer』のアメリカでの評価

開高健と瀬川の往復書簡の中には、その後もたびたびドナルド・キーンの名前が登場する。いうまでもなく日本文学の研究、評論の第一人者であり、世界的権威だ。
谷崎潤一郎や川端康成と親交を結び、三島由紀夫や安部公房、司馬遼太郎らを親友であり恩人と呼ぶキーンが開高健を強く意識するようになるのは『夏の闇』がきっかけだった。もちろん、それ以前から開高の名前は知っていたし、気にかけていた作家だったが、とりわけ強い印象を受けたのが『夏の闇』だった。キーンはそのことを伝えるべく、読み終えてから一年ほどが経った一九七三年四月に開高に手紙を書いている。

《『夏の闇』はすばらしい小説です。変な言い方ですが、余韻が好いです。読みながら読者が語り手の感情に参加するようになり、語り手の倦怠の原因を当ててみるよりも、その倦怠の必然性を直接に感じるような気がします。パリ（？）やボン（？）の風景などが全く問題外であって、語り手の頭の中の風景は間接的に読者に伝って行くと思います。最近、飯田蛇笏《いいだだこつ》の俳句を多少読んだのですが、何処かで開高さんの小説に似たような味い《ママ》がありました。（略）では御健康を祈ります。今年の夏、東京でお目にかかれたら幸いです。

開高健様　　四月二日　ドナルド・キーン》

飯田蛇笏（一八八五〜一九六二年）は生まれ故郷である山梨の山村（現・笛吹市）で生涯を過ごしながら自然と人の姿を格調の高い句風で詠み続けた俳人。高浜虚子に師事し、俳誌「ホトトギス」を代表する俳人として活躍した。一九三二年蛇笏が四七歳の時に刊行された第一句集『山廬集』に収められている代表作「芋の露連山影を正うす」を、後年、文芸評論家の山本健吉は「現代のタテ句（発句）として格調の高さ、正しさにおいて右に出るものがない」と絶賛した。その名前を冠した「蛇笏賞」は、俳句界で最も権威ある賞とされている。キーンが感じた開高の小説と飯田蛇笏の俳句の似たような味わいとは、両者の作品に共通する格調の高さを指してのことだろう。

この手紙は開高健をたいそう喜ばせた。その喜びをブラック・ユーモアでコーティングした手紙を瀬川に書いている。

開高《◎キーン教授が手紙をくれまして、それによると「夏の闇」はすばらしい作品だそうです。読んでいてひきずりこまれ、作者の意図がじつによくつたわり、夢中になれるし後味がとてもいいのだそうです。彼が目をつけた日本作家は川端さんといい、三島さんといい、みなふしぎに不自然死を遂げていますので、私としては感動しながらも前途をおもいやる気持ちでもありましたネ。いまから私の手紙を大事に保存しておかれるとよろしい。私の不自然死後、日本で高く売れますゾ。》（一九七三年四月三〇日）

この二ヵ月後、開高は瀬川宛の手紙にドナルド・キーンの手紙のコピーを同封し、《教授は日本へきましたから近日中に会って食事をします。きっとあなたのことが話題にでるでしょう。》（一九七三年六月二六日）と書き、さらにその二ヵ月後に送った手紙では《キーン教授は目下東京の文京区のアパートに住んでいます。このあいだビフテキを一緒に食べました。いろいろ話しあいましたけれど、彼はあなたのことをたいそうほめていました。海坊主（筆者註：クノッフ社のハロルド・ストラウス）に英訳を見せてもらったのでしょう。》（一九七三年八月　日付不明）と書いている。

ちなみに四月の手紙の最初に◎とあるのは開高の遊び心で、ほかにも☆や◆で始まるものもある。ニューヨーク生まれの生粋のアメリカ人（二〇一二年に日本国籍取得）で、日本文学の卓抜した学者であり評論家であるキーンが瀬川の翻訳に太鼓判を押してくれたのだから、英訳本に対する開高の期待は高まるばかりだったろう。

『Darkness in Summer』の書評の中には最上級の言葉で褒め称えるものもあった。たとえば、一九一四年創刊のアメリカのオピニオン・マガジン「ニューリパブリック」は開高健を最高ランクの作家と持ち上げた。

開高健による小説の、この最初の英訳を読むと、彼が今まで英訳されている他の二人の作家、大江健三郎、安部公房と同じ最高のランクに属する作家だということが分かる。近年自殺した三島由紀夫と川端康成の亡きあと、彼らこそ、日本が誇る最も重要な現存作家だと言えよう。

（前出・ドナルド・キーン著『声の残り　私の文壇交遊録』より）

シカゴで発行されているタブロイド紙「シカゴ・サンタイムズ」に載った書評は、「アメリカの読者は、感情と知性のそれぞれのレベルで同時にわかり合える日本人作家に初めて出会うことになる。（略）いまは亡き大作家川端康成、三島由紀夫の最高の作品さえ、にわかに色あせてくる」と絶賛した。

ここまで持ち上げられれば、開高が気を良くするのも当然で、三月一三日付の手紙にこう書いている。

開高《シカゴのサンタイムズという新聞にでたのがよろしい。ウォルステンという人物は日本文学と歴史の専門家だということですが、どういう人物なのでしょう。もしごぞんじなら教えていただけませんか。新潮社でも調べにかかっています。この人は日本文学にずいぶん通《つう》であるらしき気配です。あなたの訳をたいそう評価しています。》（一九七四年三月一三日）

しかし、『Darkness in Summer』の書評はさまざまなメディアで取り上げられはしたものの、総じてあまり芳しいものではなかった。というよりも低調だった。多くの批評家が異国趣味的な視点から作品を評価し、結果として『Darkness in Summer』には期待したような東洋的なものが感じられないという理由で辛口の書評を書いた。開高の没後二五年の記念特集を組んだ集英社の季刊誌「ｋｏｔｏｂａ」（二〇一四年秋号）に掲載された「『日本らしさ』を越えた文学――『夏の闇』」と題されたインタビュー記事の中で、ドナルド・キーンは次のように語っている。

開高さんは『夏の闇』を自らの第二の処女作と位置づけていましたから、英訳にも大きな期待を寄せていたのですが、アメリカでの評価はあまりかんばしいものではなかった。多少は好意的な書評もありましたが、多くは否定的なものでした。というのは、外国人が読みたい日本の小説は、いわゆる「日本的」なものなんです。『蓼食う虫』、『細雪』（一九四八年刊）、あるいは『伊豆の踊子』（一九二七年刊）のような。しかし、『夏の闇』はまるで違います。ベトナム戦争という現代の普遍的な世界を描いている。（略）しかし、当時のアメリカでは、そういうものはあまり求められていなかったのです。

『Darkness in Summer』が出版されたときキーンはニューヨークにいて、同書の書評を片っ端から読んでいた。その中で一番いい書評――「ニューリパブリック」に掲載された書評だけを開高に送ったという。しかし、キーンの気遣いは何の救いにもならなかった。開高はアメリカ中の新聞や雑誌に載った書評に目を通していたからだ。

開高《ニューヨークに〝リテラリ クリッピング サーヴィス〟という書評の切抜きを仕事にしている会社が有ります。〝夏の闇〟がクノップから出た直後にそこから勧誘がきたので、とりあえず50ドルの口を申し込んでみたら、あちらこちらの新聞にでた書評を切抜いて送ってきてくれましたので新潮社の出版局にコピーをとってもらい、あなたに送りました。こういうことは全部クノップでまとめてくれているのではないかと思うのですが、念のためにというわけです。》（一九七四年三月一三日）

開高がクリッピングサービスを利用していたことを、同サービスを通して開高が多くの否定的な書評を目にしていたことを、後日キーンも知ることになる。

現代の日本文学が、自分に教えることはなにもないと判断、嘲笑的なコメントを加えて、開高の作品をこきおろした書評家の批判を読んで、開高がいかに深い打撃を受けたか、それは想像に難くない。こうした種類の体験は、常に不愉快である。しかも当の書物が、その作家にとって、特に大切な場合には、それは不愉快どころか、苦痛以外の何物でもないのだ。（前出・ドナルド・キーン著『声の残り　私の文壇交遊録』より）

この頃、開高から届いた手紙に《今晩は、足をわざとニューヨークのほうに向けて寝てやります。》と書かれていたことをキーンは記憶している。思わず微苦笑させられる表現だ。

3

低調な書評に対して開高と瀬川は……

『Darkness in Summer』の書評が低調だったことは、開高にとって苦痛以外の何ものでもないとキーンは書いたが、しかし、開高と瀬川の手紙のやりとりの中では、そのような言葉はどこにも登場しない。低調な書評を目にした開高が、その責任の一端が翻訳にあるのではないかと勘ぐったとしても不思議はないが、そのあとも開高はひたすら瀬川の翻訳を褒め称え続けている。

開高《新潮社だけではなく、いろいろ友人があなたの名をおぼえて、私にたずねるようになりました。知る人ぞ知るです。自信をもって仕事をして頂きたいです。〝シャープだ。勤勉。すごく勤勉だ。ビーヴァーだ〟といって前置きしてから解説・紹介・宣伝することにしています。

〝ビーヴァー〟というのは的中しているとおもいませんか？》（一九七四年六月　日付不明）

開高《私はあなたの訳本をモスコー、プラハ、ワルシャワ、パリ、ロンドン、それぞれの私の友人の日本文学研究家に送ったのです。この人たちはみんな日本語と英語ができるので『夏の闇』を二度読んだことになるわけです。みんな絶賛の手紙をくれましたが社会主義国の人たちはいつもかなしく抑制的です。毎度のこととはいいながらちょっと怒りたくなってもきます。いつまでおなじ愚をつづけていくのでしょう？》（一九七四年一一月一一日）

開高《あいかわらずの勤勉と精力。おかしな意味ではなく讃辞として、やっぱりビーヴァーのようだと申上げたいのであります。フランス語ならカストールでしたかね。あなたはまったくカストールです。ダム・ビルダーです。》（一九七七年六月三〇日）

ちなみに、「ビーヴァー」は開高が瀬川に付けたあだ名だ。ビーヴァーとあだ名されたことに対して、瀬川は次のように返している。

瀬川《Beaverっていうの、あまり好きじゃありませんよ。その動物が嫌いだというのではなく、Busy as a beaverとか、work like a beaverとかいう表現のイメージはですね、非常に俗ですし、小さい鼻をうごめかして、その辺の木切れや葉のついた枝をめったやたらに前足で抱え込んだり口にくわえたりして、何だか目的もわからずに泳いだり、アタフタしてる動物みたいですよ。ただ本能で動きまわってるんですね。あら、こういってるうちにだんだん私に似て来

た。》（一九七四年七月七日）

しかし、開高はそれでも懲りずに瀬川のことを「ビーヴァー」と呼び続け、瀬川もそれを受け入れて「その後私は健康で相変わらずビーヴァーのごとく働き」「たちまちビーヴァーの根性がでて来てやり出したわけです」等々と書くようになる。

しかし、数年後、瀬川は「私をビーヴァーと呼ぶのは絶対にやめて下さい!!!」と開高に訴えている。

瀬川《よくこせこせと動き回るので、変なあだ名を頂戴しましたが、あれも一種のカモフラージュで、動き回るわりには何もやっていないのです。ビーヴァーという名は返上します。的確でないばかりでなく、先日トルーマン・カポーテの何だか読んでいて、その言葉にへんな意味があるらしいのを発見しました。開高さんいわくの玄とか開とかいう言葉と関係があるらしいのです。ですから私をビーヴァーと呼ぶのは絶対にやめて下さい!!!》（一九七七年一月五日）

『夏の闇』の中で開高は女性器の意味で「玄《くろ》」とか「開」という言葉を使っているが、瀬川が書いているとおり、「beaver／ビーヴァー」も女性器を表す下品なスラングとして使われることがあるのだ。開高がそれを知った上で瀬川に「ビーヴァー」というあだ名をつけたわけではないと思うが、瀬川が「私をビーヴァーと呼ぶのは絶対にやめて下さい!!!」と訴えるのももっともな話なのである。

ただし、その後も開高はこのあだ名を使い続け、瀬川もまた折に触れて「ビーヴァー」という言葉を使い続けるのだが。

話がそれてしまったが、ビーヴァー瀬川も『Darkness in Summer』の書評をさほど意に介しているふうがない。

瀬川《一昨日のニューヨーク・タイムズ紙に出た書評はいいとは申せません。評者はこの本に特別東洋的なものを感じないこと、西と東が会ってしまったことに不満を感じているらしいのです。アメリカ人ってどうしてこう「異国趣味」なのでしょうね。主人公の自意識の在り方、強さが西欧のそれによく似ているのはたしかですけれど、それは作者が西欧的な心理分析描写ばかりしかない現代に生きているからで、わざわざアメリカ人のまねをしてるのじゃないのだということがわからないんですね。人間の心の動きに西も東もへったくれも有りはしないでしょう。どの書評もそうですが、翻訳については何ともいってありません。(ということは特別よくも悪くもないということ)兎に角、私の師のソーンダース氏はずいぶん褒めて、よくできたと言って下さいましたが(私はクノッフ社の編集者がうまく手を入れてくれたんだと白状しました)私は会話がやはり固すぎると思います。原作の日本語の会話のよさが出ていません。どうしても直訳になり、二人の人が生き生きと血の通った言葉で話しているようにきこえません。》(一九七四年一月三〇日)

瀬川《開高様、ニューヨーカーとニュー・タイムスからの書評をお送りします。ニューヨーカーは御存じの如く歴史ある生粋のニューヨーク人文化人の雑誌、ニュー・タイムスの方は新しく出てきた、若々しい、活気のあるインテリ雑誌です。ニューヨーカーはニューヨーク・タイムズほど不親切でなく、ニュー・タイムスは好意的でさえあります。この二つは取ってる雑誌の中に偶然見つけたもので、他にまだいろいろ書評が出ているかも知れません。そのうちに探してみます。これでアメリカ人の批評家が必ずしも低能でないとおわかりになったと思います。でもニューヨーカーの評が言っているように、主人公がなぜ眠ってばかりいるのか、ベトナムに関してちょっとはっきりしないくだりがあって、それが説明のかわりなのか知れないがよくわからない、という風なことが書いてあるのは、私が始めに懸念した通りですので、スト爺に「それみたことか」と言ってやりたく思います。》(一九七四年二月一三日)

瀬川がさまざまな書評に一喜一憂しないのは、『夏の闇』を最初に読んだときに彼女自身が「この本は売れない事請合だが、日本文学の為に翻訳すべきだ」と確信したからに他ならない。

瀬川《私は初めに海坊主のおっさんにこれは売れませんぞ、しかしながら日本文学のために訳すべきです、と云っておいたので、売れなくても私のせいじゃない。売れなくてもどの図書館でも必ず買ってくれる筈です。でもヨーロッパではどんどんいい訳を出してどんどん売ってほしいですね。これは開高氏のinternational fame(筆者註：世界的名声)の為ではなく、氏に天井をネズミの走らない新しい家を建てていただく為でもなく、ひとえにおいしいビフテキをごちそうになってやろうという私の野心から発した言葉であります。》(一九七四年一月三〇日)

4

翻訳に関するすべてを瀬川に白紙委任していた開高

『夏の闇』の翻訳によって、瀬川は開高から全幅の信頼を置かれるようになる。その関係を開高はドストエフスキーとガーネットになぞらえている。

開高《先日アメリカ人の文学愛好家と会ったら、英訳『夏の闇』を三度読みかえしたといい、英語のみごとさを激賞していましたゾ。ドストイエフスキーがガーネットを得たように予はビーヴァーちゃんを得たことを事件だと感じておりますゾ。頑張らなくちゃ。

C・S・シーグル様　　ごぞんじ》（一九七五年三月一二日）

コンスタンス・ガーネット（一八六二〜一九四六年）はドストエフスキーやツルゲーネフ、チェーホフなど一九世紀ロシア文学を代表する文豪の英訳で知られるイギリスの翻訳家だ。ガーネットは『カラマーゾフの兄弟』や『罪と罰』を含めドストエフスキーの作品を次々に英訳し、イギリスにおけるドストエフスキー・ブームを巻き起こす。「ドストエフスキーがガーネットを得たように」というのは、翻訳者としての瀬川に対する開高一流の最大級の賛辞に他ならない。

瀬川に対する信頼は単なる言葉に留まらない。開高は作品の英訳に関して瀬川に白紙委任することを何度となく書き送っている。

翻訳に関する白紙委任を先に言い出したのは実は瀬川のほうである。『Darkness in Summer』が無事出版されてから四ヵ月後、瀬川は開高に対して長い手紙を送っている。その中で瀬川は次のような提案をしている。

瀬川《とにかく、私の好きなものを勝手に訳してクノッフに送ってみたらどうでしょう？（略）翻訳権とかなんとか、新潮とややこしい手続きがあるのでしょうか？　今のところ私にとってそんなことはどうでもいいことで、もっとやってみたいから——。そうしてサイデンステッカーさんみたいに上手になりたいからの話なんですけれど。開高さんがやってみろとおっしゃれば二、三あたってみます。その前にスト爺にちょっと手紙を書いて「これから訳したものを契約なしに送ってみるがよろしいか？　あなたはもう半分棺桶に足を突っ込んでいるのだろうから、次の人を紹介してくれ」くらいのことを言ってあたってみましょうかしら。》（一九七四年五月一〇日）

この手紙を受けて、開高は瀬川に翻訳に関する白紙委任状を渡すことを決めるのだった。どの作品を翻訳するか、どこに売り込むか、その一切合切を瀬川に任せることにしたのである。

開高《前便の手紙で全作品集のなかから適当なのを選んで訳してみたいとのことでしたが、白紙委任状をお渡しします。何でも、どのようにでも、あなたがいいと思う方法で料理して、どこへでも出して下さい。私としてははずかしさばかりがこみあげてくるので何もかもおまかせする次第です。》（一九七四年六月六日）

翻訳に関する白紙委任は開高が亡くなるまでずっと続く。開高の座右の銘であり、行動規範ともいえる言葉――「馬を選べ。馬を変えるな」「旅の途中で馬を乗りかえるな」を実践したわけだ。

開高《一切の配慮をあなたにまかせます。白紙委任状です。何しろ長い関係ですからね。あなたは私の母よりもはるかにこまかく深く私のことを知っておられるのです。だからすべておまかせします。西部劇でときどき使われる名科白に『馬をまちがえるな』とか『馬を変えるな』などというのがあります。なかなかの名文句です。この文体でいくとヴェトナム戦争は『アメリカは悪い馬に乗ったんだ』という一語に盡《つく》されてしまいそうです。シェクスピアが聞くと「言葉、言葉、言葉あるのみじゃワ」と皮肉っぽく、にがっぽく呟くのでしょうけれど……。
しかし、あなたは私という馬を選んだのですし、それはまちがっていなかったのですから、あとはこれを乗りかえないだけであります。（……私はウマ年生れだし、足は長いし、よく走るし、よく飲みますけれど、ひとつだけ決定的にウマに似てないモノを持たされておりますので声が小さくなりマスですョ）》（一九八七年二月五日）

開高と瀬川の信頼関係は、翻訳印税をめぐる二人のリアルなやりとりからも窺い知ることができる。以下は瀬川が一九八七年二月二六日に受け取った開高からの手紙。

開高《ヒキガエルがニューヨークから帰る。ドッド社のクリス幸運氏と会い、いい人だったとのこと（もっと意見はないのかといいたいが電話だったもんで）。本は9月に出ることになったそうです。あなたに払うお金の件でヒキガエル氏と話をしたのですが、アメリカの出版界の一般慣行のままでいいのじゃないかといったところ定則がないという。（略）

そこでヒキガエル氏と相談するとフィフティ・フィフティがいいのじゃないでしょうかと言う。そこで、では、そういうようにやってくれと言上。あなたと相談なしで申し訳ありませんでした。異存があれば遠慮なくどんどん言うて下さい。いったい全額でどれくらいになるのか見当がつきませんが、おそらく〝パンと水〟というようなものでしょう。いずれニューヨークへ行ったとき、フォー・シーズンあたりで盛大にあなたをもてなす所存であります。あるいはあなたが日本へ来るのなら、〝吉兆〟あたりで。ヘンマツ。》

「ヒキガエル」という不名誉なあだ名で書かれているのは、日本語翻訳著作権および商品化権の契約仲介業務を行っているタトル・モリ エイジェンシーの担当者。「ドッド社」とは1839年創業のニューヨークの老舗出版社ドッド・ミード社（Dodd, Mead & Co.）で、「クリス幸運氏」は同社の編集者クリス・フォルチュナトのこと。フォルチュナトがフォーチュン（fortune／幸運、財産、運勢）に似ているため、開高流の言葉遊びでクリス幸運氏と書いたわけである。

ドッド社から九月に出ることになっていたのは、次章で詳しく触れるが瀬川が翻訳した短篇集『Five Thousand Runaways』（原題『五千人の失踪者』）のこと。手紙の末尾の「ヘンマツ」とは、あえて説明する必要もないと思うが返事を待つという意味。

この手紙の中で、開高はヒキガエル氏と相談の上で、翻訳印税は「フィフティ・フィフティ（五〇対五〇）でどうだろうか」と提案している。印税率が何％なのかわからないが、仮に定価の八％ならば開高と瀬川で四％ずつという意味だ。英訳本の定価を二〇ドル、初版三〇〇〇部、印税率八％、著者と翻訳者の取り分を五〇対五〇とすると、それぞれの翻訳印税は二四〇〇ドルになる計算だ。当時のレート（一ドル＝一四〇円）で円に換算すると三三万六〇〇〇円。翻訳に際して自らの才能も時間も使わなかった著者にしてみれば棚からぼた餅のようなお金かもしれないが、長い時間精魂込めて作業に当たった翻訳者にとっては悲しくなるような金額、まさに〝パンと水〟の最低の生活しか送れないような金額だ。

瀬川《開高大御所さま、大変忙しくて、二月五日のお手紙にお返事差し上げないでいましたところ、またお手紙が参りまして、面食らって、泡を喰らって、取り急ぎお返事差し上げる次第でございます。お手紙いただきましてから、いにしえの昔の契約書を掘り出しまして打ち眺めましたる所、〝夏の闇〟も、〝輝ける闇〟も、契約は大師匠が３分の１、私めが３分の２という欲張った契約になっておりました。これははじめにクノフ社が先例をもうけましたものを踏襲したものでございます。確かに私めの仕事が苦労の積み重ねでございますので、それに大師匠は日本で既に報酬をお受けになった後でございますので、適当なところかと存じます。

もし今後、いろいろな翻訳者が出て参りまして、私めのようなものは不用になりましたらほかの人との契約はお好きなように再考なされると存じます。今のところは私めがはしりまわっていろいろあちこちと連絡なぞも取りめんどうくさいpublicity（筆者註：パブリシティ、宣伝）のこともしておりますので、そのようにしていただきたいと存じます。》（一九八七年二月二六日）

翻訳印税に関するやりとりは、まったく揉めることなく、直後に開高が書いた二通の手紙であっさり収束する。

開高《これを書いているところへタトルの幸福なヒキガエルから電話。ニューヨークからの連絡であなたが印税の3分の2を求めていらっしゃるが……という。その場でOKと快諾する。遠慮してないではじめからそう申出られたらよろしかったのに。それはそうと、しばらくあなたから便りがないのは、何故？　ごぞんじ》（一九八七年三月二六日）

開高《☆手紙、もらいました。3分の2と3分の1の件は万事小生において快諾です。何も気にすることはありませんテ。今後も。何なら5分の4と5分の1にしたって、いいのです。そうしたくなればそうしてくださってよろしいのです。足長オジサンは物質世界から超越しかかっておる。十度も諾。百度も諾ですテ。》(一九八七年三月二六日)

瀬川《開高大師匠さま　先日はお手紙を有難うございました。あつかましいことを申しましたのにおこころよくご了承くださいまして恐れ入りました。》(一九八七年四月一〇日)

翻訳印税に関して著者と翻訳者がその割合を直にやりとりするのは非常に珍しいケースであり、こうした話もざっくばらんに言い合えることが二人の関係性をよく物語っている。

第5章

短篇集『Five Thousand Runaways』（五千人の失踪者）

「56才の秋が逝ってしまった。あと一月足らずで57才ですぞ。
どないしまひょ?!……　ごぞんじ」

（一九八六年一二月四日）

1

開高に対して「ずいぶん上達なさったな」という瀬川

『夏の闇』の英訳がほぼ終わった一九七二年一二月、瀬川は開高宛の手紙の中で次のように書いている。

瀬川《私は今の、あまり性に合わない勤めをやめて、英語から日本語への翻訳だけで暮らせたら――と思います。今の所がやめられないのは高給を食んでいるというのでは少しもなく、やはり、一応苦労して得た学位を学位として扱ってくれるアカデミックな雰囲気があるからです。何にも所属しない一介の翻訳者になるのはsecurityもdignityも失われるような不安があります。でも翻訳者としてたてるのなら明日でもやめます。》（一九七二年一二月五日）

「security」は社会保障のこと、「dignity」とは威厳、尊厳、品格などという意味だが、ここでは体面、世間体とでも訳せばいいのだろうか。単身渡米し、苦学の末にブリンマー大学で英語学の修士、名門ペンシルベニア大学から日本学の博士号を授与され、その学識と学位が評価されてフィラデルフィアにあるフランクリン研究所で極東デスクの責任者を務めていた瀬川が、〝一介の翻訳者〟になることを躊躇するのも無理からぬ話。

しかし、一読して「日本文学のために訳すべきだ」と感じた『夏の闇』を自分で訳してみて、その間に開高と何通もの往復書簡を交わし、日本に帰国した折には実際に開高にも会ってみて、もっと翻訳の仕事をしてみたい、開高の作品を翻訳してみたいと思うようになったのもまた当然といえば当然だろう。

翻訳の仕事をしたくてうずうずしはじめた瀬川は、開高から次々に送られてくる作品を自分で翻訳することを前提に読み、著者に対する忖度なしのストレートな感想を開高に送るようになる。

● **『流亡記』**

瀬川《『流亡記』も感心しました。文章に感心したのです。しかしあれは非常に文のうまい優等の学生が作り上げた精緻な宝石みたいなところがあって「お話」ではないので、訳してみたいけれど骨折り損のくたびれもうけになるだろうという予感がします。高等学校の国語教科書用です。でもうまいことはうならせるくらいうまいから頭を下げます。》(一九七二年一二月二六日)

● **『円の破れ目』『フンコロガシ』『一日の終りに』『なまけもの』『二重壁』『穴』『ロビンソンの末裔』**

瀬川《二、三日前からやっと思いなおしてあなたの全集(筆者註:新潮社『開高健全作品』小説1~9巻/エッセイ1~3巻)をはじめに来たものから読みはじめています。どれも楽しく読めますけれど、翻訳したらいいだろうなと思うものとそうでないものと、私の好みにも合い、翻訳にも適しそうなのは『円の破れめ』『フンコロガシ』『一日の終りに』など。『なまけもの』はたいへん面白いけれど話が本筋に入る前が長くて二つに割れてしまうんじゃないかと思います。『二重壁』は作者にとって大切な作品ではないかと思うのですが、とても内的でプライベートで私小説（ではないのに）色が濃くて、翻訳に適さないのではないかと思います。私はここでは今迄知らなかった作品のことだけ言っているのです。まるきり見当ちがいだろうと思いますけれど、まだまだ読んでいないものが多いので、次々に読みたいとおもいますけれど、今ほんのはじめを読み出した『穴』というのも面白そうですね。ウイーンのにせ美術学生の独白は日本人には面白いけれど、こちらの人には珍しくないのじゃないかしら。（略）

とにかく開高氏の作品はですね、持ち味のトボケた所が英語じゃ出せないのです。『ロビンソンの末裔』なんてのは実に語り口がおもしろいけれど、それがどうして表現出来ます？　アメリカのヒルビリーなんかにもちょっと共通するかも知れないトボケた味がありますけれど、へたすると饒舌になるだけで、まるきり持ち味が出ないでしょう。

昔からのをいろいろ読んでみると、やはりずいぶん上達なさったな、と思います。昔のは饒舌すぎますゾ。『輝ける闇』や『夏の闇』は上手に間引きが出来ていて、風通しがよくなってるのです。これからも風通しをかんがえて書いて下さい。》（一九七四年五月一〇日）

●『岸辺の祭り』『決闘』『お化けたち』『森と骨と人達』『笑われた』『頁の背後』『太った』

瀬川《第九巻の『岸辺の祭り』がとても好きだったので翻訳にかかり、たちまち雑用に追われてしばらく手を休めています。読後感がとてもスカッとして、戦争だし、あなたのおとくいの汚い臭のお話なのに明るくてさわやかな感じです。

九巻ではやはり『夏の闇』が圧巻ですけれど、『決闘』もいいと思いました。その後読んだのは、一週間くらい前にいただいた第六巻の『お化けたち』『森と骨と人達』など。『笑われた』にとても感動させられました。それは私がはなはだアテにならない批評家であって、何の小説よりも毎巻の『頁の背後』というのに非常に動かされ、全部揃ったら翻訳したいと思っていることと通じます。事実にぶつかると(あるいは事実らしく真に迫ったことにぶつかると)一も二もなく感激してしまうという単純さがあるからです。

『笑われた』で、牧羊子さんらしい人物の賢さ、強さ、おおらかさに全く魅せられてしまいました。『夏の闇』の女性の会話のはしばしに似た所も感じられますけれど、『夏の闇』は哀れさ、弱さがあるのに、『笑われた』はハツラツとして、木星のようにどっしりし、金星のようにきらめき、水星のように落ち着きはらっているので、私、一も二もなく好きです。(略)『太った』の中の太ったオッサンがハロルドをとっちめてだまってしまうところ、全く同感です。》(一九七四年六月一八日)

●『新しい天体』『午後の愉しみ』

瀬川《『新しい天体』は仮説の人物と官庁という仮構がかえって効果を妨げている他はたのしく読ませていただきました。架空の人物と背景（官庁で予算をふくらませる仕組はよく知られているので意図なさった所はよくわかるのですが）なしに開高氏の経験としてずばりとお書きになった方がよかったかと存じます。でも開高さんはいつもながら食物の描写がお上手で、食物に興味のない私まで食欲をそそられて、今度帰ったらぜひ行ってみたいと思う所ばかりです。》（一九七四年八月　日付不明）

●『岸辺の祭り』

瀬川《翻訳してるといろんなことが見えて来て、構成があまりsymmetrical（筆者註：対称的）なのがちょっと気になりましたけれど（死体の山、ボート、ceasefire［筆者註：停戦］、そうして田中がいつも知らせに来る。まるでギリシャ劇のmessengerみたいに）、さらさらと読んでるとこれは気がつかないものなのです。だから読者は感心して読むでしょう。》（一九七四年九月二五日）

2
『ロマネ・コンティ・一九三五年』と『青い月曜日』

翻訳することを前提とした瀬川の忖度のない作品評の中には、著者ならば「ムッ」としたり「カチン」ときたり、へそを曲げたりしそうな言葉も含まれているが、それに対して開高は少なくとも手紙の上では気分を害したような言葉はなく、反論することもなく、どの作品を翻訳するかについては〝白紙委任〟の姿勢を貫いている。

開高《『玉、砕ける』はまだ誰にも訳されていません。『飽満の種子』『ロマネコンティ』『貝塚をつくる』『怪物と爪楊枝』『洗面器の唄』『戦場の博物誌』『黄昏の力』『渚にて』、以上どれも手つかずです。誰も訳していません。どれからでも手をつけてください。あなたに征服されるのを待っています。》（一九八一年五月一三日）

開高《昔から私はあなたの讀解力を信愛していますので、つねに白紙委任状をわたされているものとして煮るなり焼くなり任意のままにやって下さい。》（一九八四年　日付不明）

全面的に白紙委任しつつも、開高が自分なりの希望を伝えることはあった。おかしいくらいに控えめにではあるが。

《お手紙で『岸辺の祭り』をホメて頂いて嬉しかったのですが、『兵士の報酬』というのもちょっといいのではありませんか？》
《私としては、『怪物と爪楊枝』『戦場の博物誌』などが好きですけれど、こだわりません。》
《『玉、砕ける』もいいですが、『怪物と爪楊枝』も悪くないのじゃないかと私はひそかにウヌボレテルのですが！……『戦場の博物誌』も、また！……》
《私としては〝怪物と爪楊枝〟〝戦場の博物誌〟の二つが気に入っているのですが、アメリカ的感覚からすると、いかがでござるか。》
《〝怪物と……〟と〝戦場の……〟が入っていたら私としてはきわめて満足であります。》

開高おススメの二作品のうち『怪物と爪楊枝』はめでたく短篇集『Five Thousand Runaways』に収録されたが、『戦場の博物誌』は〝長すぎる〟という理由で短篇集には収録されず、翻訳されることもなかった。

開高が、翻訳に関するすべてを瀬川に白紙委任し、開高自身はあくまでも希望を述べるに留めていたのは、以下のような思いがあったからなのだろう。

開高《作者というものはすでに書いてしまった作品をあまりいそいそとは読み返したがらないものです。排泄物と感じているのでしょうね。ひどくつらく感じます。だから右眼は冷たく、左眼はあたたかいという眼を持った第三者の批評を何よりもアテにしたくなるわけです。いい御意見をお聞かせください。もう冬です。　Ｃ・Ｓ・シーグル様》（一九七五年一〇月二〇日）

開高がこのような姿勢を貫いたため、瀬川は自分の気に入った作品だけを選んで英訳することができたが、例外的に両者の意見がうまく折り合わない作品もあった。『ロマネ・コンティ・一九三五年』と『青い月曜日』だ。

『ロマネ・コンティ・一九三五年』は雑誌「文學界」一九七三年一月号に発表された作品。開高と思われる四一歳の小説家と、開高らと共に広告制作会社サン・アドを設立した坂根進（一九三一～一九九八年）と思われる四〇歳の重役が、三七年寝ていたロマネ・コンティを味わいながらワインについて語りつつ、一九三五年当時をあれこれ思い出してみたり、そうこうしているうちに小説家の目にはふいに全裸になった女がベッドに両膝をつき、晴朗に笑いながら力いっぱい半切りにしたオレンジを握りしめている姿が見えてきて、その女――パリで出会ったスウェーデン人の女性ジャーナリストとキャフェで飲んだこと、夜食を食べにいったことなどを頭の中で思い巡らしたり……というようなことが研ぎ澄まされた美しい言葉で淡々と語られていく秀作だ。

開高は「文學界」に掲載された『ロマネ・コンティ・一九三五年』をコピーして瀬川に送っている。瀬川が英訳したものを短篇集として出すつもりならば、その中の一篇として『ロマネ・コンティ・一九三五年』を収録することを希望していたからだ。

開高《ごぞんじ前の手紙にロマネ・コンテイの短篇のコピーを同封して送りましたが、届いたでしょうか。気に入って頂けたらと思っているのですが、それも気がかりです。他の短篇とくらべるとテーマも内容もコロッとちがうのですが、一冊のなかに入れると、異化効果というものが生ずるかもしれません。同化効果は大事ですし、自然なものですが、異化効果もそれとおなじくらい大事にしなければ。》（一九七六年　日付不明）

しかし瀬川は、「異化効果も大事にしなければ」という開高の希望をぴしゃりとはねつけてしまう。

瀬川《『ロマネ・コンティ・一九三五年』は拝見いたしました。こりにこった感じの作品で、こういうのはとても私の手にはおえません。今まであなたの短篇を読む時、純粋に日本人として文学作品を読むのではなく、これは英訳したらアメリカ人ないし英語で読む人間にアピールするかどうかということが第一気になりました。それから私に翻訳できるかどうか、やって私が楽しめるかどうか、ということもいつも頭にあります。あまり密度の濃いものはどのカテゴリイからも外されます。誰か他の人に訳して頂ければ（本当に上手な人）一語一語味わえる作品になるのでしょうが、私にはできません。

短篇集の中ではたしかに異色を呈すると思いますけれど、『夏の闇』でお酒の描写、セックスの描写の蘊奥《うんおう》を究めた感じをもう味わってしまった後なので、余分のような気がします。それは私の趣味が淡白で——濃厚なものを好まないからかもしれません。》（一九七六年　日付不

明）

開高が気に入っている作品に対して、『ロマネ・コンティ・一九三五年』は「余分のような気がします」と言い切る瀬川の強心臓には驚かされる。このときはさすがに開高もまさか自分の申し出が拒否されるとは思っていなかったのだろう、すぐさま《『ロマネ・コンテイ』は此方で誰かいい訳者をさがしてみましょう。》（一九七六年四月一六日）と応じている。

しかし、あいにくと、いい翻訳者がなかなか見つからなかったようで、二年半ほど経った一九七八年一一月になって開高は次のような手紙を書いている。

開高《『ロマネ・コンティ・一九三五年』という短篇集のなかの『ロマネ・コンティ・一九三五年』という短篇をこちらで訳して見たいという話が持上っていますが、訳者が誰なのか、タンネンバウム夫人ぐらいに英語と日本語と文学と人生と芸術がわかってる人なのかどうなのか、何もわかりません。ただ、あなたがもし持前のビーヴァー気質ですでに訳にとりかかっていらっしゃったらダブりますから、おたずねしたいわけです。　ヘンマツ。》（一九七八年一一月一一日）

文末に「ヘンマツ」（返事待つ）と書かれていたため、瀬川はすぐにこの手紙に返信しているが、その反応は前回とほぼ同じで取り付く島がない。

瀬川《『ロマネ・コンティ・一九三五年』は今またざっと目を通してみましたが、とうてい私の手にはおえないので、どうぞその方にお願いします。》（一九七八年一一月二五日）

開高から何度もリクエストがあったにもかかわらず、結局、瀬川が『ロマネ・コンティ・一九三五年』を英訳することはなかった。後日、開高からやや意外な手紙が瀬川のもとに届く。

開高《ロマネ・コンテイがしばらく好きだったことがありますけれど、その後は少し離れています。わざと意図してあまりにも文学的に書きすぎた、それがいまや乾いた厚化粧のように浮いてきたのじゃないかと思うのです。しかしそう思うのは私の〝老化〟現象であるかもしれません。これまたあなたのオメガネ次第デス。従来通り、すべてあなたの解釈鑑賞演出におまかせします。》（一九八〇年七月二九日）

『ロマネ・コンティ・一九三五年』とは逆で、『青い月曜日』は瀬川が訳したがったのに対して、開高がそれを渋った珍しいケースだ。

『青い月曜日』は「文學界」一九六五年一月号から一九六七年四月まで連載された長篇小説。一九六九年一月に文藝春秋社から発売された単行本の帯に「混乱の中の青春放浪記／青年は常に悩む。戦中から戦後にかけて貧と飢えの泥沼をころげながら永遠の詩と真実を求め自己形成していく行動的青年像」と書かれているように、開高の自伝的小説である。瀬川はこの作品に感動し、翻訳してみたいと思っていたが、開高は乗り気ではなかった。なぜならば『青い月曜日』は失敗作だと考えていたからだ。

『青い月曜日』の連載五回分を書きためたあと、開高は一九六四年一一月に朝日新聞の臨時海外特派員として戦時下のベトナムに赴き従軍する。翌六五年二月に帰国した直後から連載六回目以降の原稿に取りかかるのだが、ベトナム戦争を経験した開高にとってそれはひどく苦痛な作業になった。一九七四年に発行された文春文庫版『青い月曜日』のあとがきに、開高はこの作品に対する自身の思いを赤裸々に書き綴っている。

　二月末に帰国して書斎にもどったのだったが、作品にもどることはひどい苦痛であった。ある苛烈な見聞と経験のために内心の音楽が一変してしまって、弾《ひ》きやめた時点の心にもどって弾きつづけることができなくなったのである。（略）一応、作品を仕上げることができたのだけれど、肉離れの苦痛の記憶がひどいので、はずかしくてならず、いまでも全文を読みかえす気力がないのである。

苦痛の記憶が癒えないために「失敗作だ」という開高と、「失敗作だとは思わない」という瀬川のやりとりが手紙の上で何回も繰り返されている。

開高《『新潮』に〝耳の物語〟というものを連載しはじめました。〝青い月曜日〟が失敗作だったので、それを含みつつ超克しようという気持でスタートしたのですが、うまくインキがのびてくれないので苦しめられます。アタマのなかにあるときはなかなかの名作だったのですが、いざ、取り出しにかかると、途端にもつれたり、プッン！と切れてしまったり、暗夜行路です。》（一九八三年一〇月六日）

瀬川《『耳の物語』というとラフカデオ《ママ》・ハーンの『耳なし芳一』の話なんぞ思い出してしまいますが、『青い月曜日』を含むとすると自伝的なものなのでしょうか。私はあれは失敗作だとは思わないんですけどね。でも私の文学的美学的判断は非常にあてにならないので（つまりロマネ・コンテイ１９３５年をあまりよく思わなかったりするのはあきらかに批評家として落第です）、私一人で力んでもだめなわけですが。》（一九八三年一〇月七日）

開高《目下小生は釣りと純文学だけに生きております。「新潮」に『耳の物語』なるモノを連載してもう二年近くになる。あと一年はかかるでしょう。『青い月曜日』が失敗作だったので捲土重来プラスアルファの雪辱戦のつもりであります。ほかには週に二回の水泳。》（一九八四年　日付不明）

開高《〝青い月曜日〟をドッド・ミード社から出すかどうかの件。作者の私があの作品をどう考えていようと、作品というものは完成した瞬間から他人のモノになるという慣用語が日本の小説家の間に古くから言い交わされています。これはなかなかの見解です。支持します。だから、あなたが総合的に最終的に〝GO！〟と叫ぶのでしたら、私個人の見解を無視してどうぞやってください。》（一九八六年五月二日）

瀬川《開高大師匠は『青い月曜日』に不満を持っていらっしゃることはよくよく承知しており

ますが、私はあの作品は『耳の話』よりも外国人に受けるのじゃないかと思うのです。（略）『耳の話』の長すぎ、少々バランスに欠けるものより時期的にもう少し短くまとまった物のほうが取り付きやすいじゃないかと思います。それから、私が強調したいことは、これは戦後の日本をよく描いていて、アメリカ人のまったく知らない、日本人の苦しい時代のことです。今の経済大国、輸出の敵である日本のイメージからは想像もつかない日本のことだから、アメリカ人にとって興味があるのではないかと思います。『耳の話』は開高という人がもっとアメリカで有名になってからだともっと興味を持ってくれると思います。これで私の報告はおわり。》（一九八七年二月二六日）

開高《☆『青い月曜日』は『耳の物語』よりアメリカ人向きでよろしいとあなたがおっしゃるのなら従います。うなだれて、ちょっと右か左の頬がひきつれますけれど、私はつねにあなたに白紙委任状をわたしてあるのですから、いかなる決定と方針にも従いますです。どんどん自由にすすめて下さいな。　たんねんばうむさま》（一九八七年三月二六日）

開高の気持ちに関係なく瀬川は『青い月曜日』の英訳に取りかかったが、全体の四分の一くらいまで訳したところで作業は中断し、そのままになってしまう。出版してくれる会社が見つからなかったからだ。

3

『岸辺の祭り』をめぐる質問と答え

翻訳作業はまずは下訳からはじまる。本格的な翻訳を仕上げる前にざっと一とおり訳すのが下訳だ。瀬川は下訳は早いものの、そのあとの推敲で行き詰まることが少なくなかったようだ。開高の文章を相手にするのだからそれはそうだろう。まして一九八〇年代中頃までは手書きで下訳、推敲作業を行い、その後にタイプで打ち、推敲を重ねてタイプを打ち直して原稿を完成させるという手間をかけなければならなかったのだから、その大変さはパソコン上でコピー&ペーストしたりして簡単に添削することができる現在とは比較にならないというもの。

瀬川《『笑われた』は気をつけて一生けんめい訳しています。感謝祭のつづきのお休みがあったので、三日間でゆっくり下訳をしました。これからがたいへんなのです。それを何度も書き直すのですから。》(一九七五年一一月三〇日)

瀬川《私は下訳はすごく早いのですが二、三度目を通したあとが二進《にっち》も三進《さっち》もいかなくなって停滞してしまうのです。》(一九八〇年一二月七日)

翻訳作業が停滞してしまい、自分ではどうにもならなくなったときには第三者——ユダヤ系アメリカ人の夫シーグルや、夫の従姉妹で作家のミリアムに読んでもらって感想を聞いたり、アドバイスをもらったりするのが常だった。開高本人に聞かなければわからないことは、『夏の闇』のときと同じように質問を手紙に列挙して開高に直接尋ねた。開高はそのつど質問に丁寧に答えてくれたが、それでもなお開高の文章を翻訳する作業は一筋縄でいかないことが少なくなかった。

瀬川《開高さんのは原文が難しく込み入っているので単純にはならないと思います。複雑なことをすっきり書くのは困難きわまりない仕事です。》（一九七六年二月　日付不明）

どうしてもうまく英語にならない文章は、翻訳者としての裁量で英語のルールにのっとって翻訳することを心がけたし、その旨を開高にもはっきり伝えていた。

瀬川《翻訳というものは原文の微小なる難点をもことごとく露出する恐ろしきものにござ候。それを隠蔽することこそ訳者の腕前にござ候えば、われらいささかの暴力を発動いたし、順序不同の所、繰り返しの多き所、英語でいうと少々噴飯物に聞こえ候所、ハックがアメリカ人らしからぬ箇所などことごとく添削つかまつり候ママ、ご了解くだされたく願い上げ候。》（一九七七年一月三一日）

〝ハック〟ことハックルベリ・コークは開高の短篇『エスキモー』に登場するアメリカ人の名前だ。

手紙が候文で書かれているのは、瀬川なりのご愛敬だろう。

『夏の闇』のあと、瀬川が最初に翻訳に取りかかった短篇は『岸辺の祭り』だった。戦時下のベトナムで、ジャングルとゴム林に囲まれた前哨点に従軍した日本人ジャーナリスト・久瀬が経験した3日間の正月停戦中の敵味方関係ない祭りの様子を描いた秀作だ。同作品に関する瀬川の質問の一部（一九七四年七月七日）と、開高の回答（日付不明）は以下の通りだ。

●Que-sais-je

瀬川《久瀬：クゼ、Kuzeでよろしいでしょうか。クセではないでしょう?》
開高《昔私はフランス語のQue-sais-je（私は何を知っているのだろう?）をもじって久瀬樹というペンネームを使って小遣いかせぎの短文を書いていたことが有ります。それを思いだしてこの作品で使ってみたのです。他意はありません。だからクセです。》

久瀬は『岸辺の祭り』の主人公の名前。フランス語の「Que-sais-je」は「ク・セ・ジュ」と発音するので、それに久瀬樹という漢字を当ててペンネームと洒落込んでいたわけだ。久瀬樹のペンネームで開高が小遣い稼ぎの短文を書いていたのはサントリーの広報誌「洋酒天国」。壽屋（現サントリー）宣伝部に在籍していた開高の提案で発刊され、開高が初代の編集長兼発行人を務めて人気を博した広報誌だ。「洋酒天国」に開高は久瀬樹のペンネームで毎回のようにエッセイを書いていた。久瀬樹のペンネームでエッセイを書き、それに対して開高が編集長として原稿料を払っていたということだ。

●ダダオデイクオックミイ!

瀬川《ダダオデイクオックミイ!　これは打倒帝国美でしょう?　中国語と似てるじゃありませんか。美の位置がちがうだけで。Da dao di Kuok mi!ですか?》

開高《ダ・ダオ・デイ・クオック・ミーはお説の通り打倒帝国美。Da Dao Di Quoc My。V語（筆者註:ベトナム語）は南方中国語の一分派なので漢字に直せる言葉が多い。発音だけがちがう。》

瀬川はこれを「Da dao de Quo'c My（Down with American Imperialism)」と訳している。

●チャーリー、ナンバー・テン

瀬川《Charlieっていうのはベトコンさんのことだけかと思ったら、どちらのベトナム人にも使ってあるようですね?　そういう右か左かわからないまぎらわしい所があるのですか?　区別があるのですか?》

開高《チャーリー。二種類ある。ふつうチャーリーというとアメリカ兵のことですが、アメリカ兵がヴェトコンさんのことを、VC（筆者註:Vietnamese Communist=ベトナムの共産主義者）を、Victor Charlieと呼ぶことがあった。バーでアメリカ兵がコンガイ（筆者註:娘）にオゴってやらないと、〝ユーチープチャーリーナンバーテン！〟（Numbah Ten!）といわれた。作品に出て来ます。ツヅリはこうして下さい。》

「ナンバーテン！」は、最悪なことを強調するときに発するアメリカの兵隊言葉。「Number Ten」ではなく、「Numbah Ten」と発音・表記するのが兵隊式のようで、開高の指示に従って瀬川も「Numbah ten」と表記している。

●単数か複数か

瀬川《田中が胸に手を置き、眼を閉じている所、手は一本？　二本？　それから川を渡った船は一艘か二艘か。つまり単数か複数か。小さい船だと書いてあるので——そうだと沈みそうな気がする。これは私がそういうつまらないことを心配するたちだからです。トランペット、ギター、マラカスは、それぞれ単数か複数かお知らせ下さい。それで大分感じが違って来る。ひとつずつだと船は沈まないでしょう。こんなこと心配するの私がビーヴァー的だからかしら。》

開高《手は二つらしい。船は一艘以上でしょう。楽器はそれぞれ単数であるような気がします。》

単数形と複数形を厳密に使い分ける英語とは違って、日本語は単数形、複数形を意識せずとも問題なく文章が成り立つので、瀬川のこの問いかけは開高にとっては想定外であり、どうでもいいようなことに思えたのではないか。開高の答え方からそう感じられる。開高の回答に沿って、瀬川は手は二本、船は複数形、楽器はすべて単数形で翻訳している。

4　『五千人の失踪者』をめぐる質問と答え

瀬川《開高様、ごぞんじ　今夜は『五千人の失踪者』の三度目の書直しをやっていて、先からお訊きしようと思っていたことを書きます。下記の言葉の意味をお教えいただきたい。》（一九七六年五月二四日）

開高《しばらく取材旅行にでかけたり、ギオンのお茶屋でうだうだと遊んだりしていたものだからすっかり返事が遅れてしまいました。速達で送ります。お役にたてるかどうか。》（一九七六年六月二六日）

『五千人の失踪者』は、ある日突然姿を消してしまう失踪者が年間五〇〇〇人ほどもいた時代を背景に、会社重役・芦田照一の二ヵ月ほどの失踪劇を追った作品。同作に関する一問一答は以下のとおりである。

●大魔羅

瀬川《大魔羅――この言葉の意味はもちろん知っています。この表現はこちらで言うBig

Schmuchというのと意味も表現もそっくりだと思うけれど、どうでしょう。でもこれはJewish（筆者註：ユダヤ人）の表現だから日本の小説に使うのはヘンだと思う。》

開高《男根のこと。大きな男根のこと。マラはサンスクリット語からきている。すべて修道の障害となるものを呼ぶ。嫉妬もマラ。憎悪もマラ。怨、恨、怒、すべて。そのうち男根だけがとくにマラと呼ばれるようになったのは、もっともくるしめられて修道の妨げとなるのはこれだからだという説がある。》

瀬川は手紙に「Big Schmuch」と書いているが、正しくは「Big Schmuck」。スラングでイヤな奴、最低な奴、ばか者、愚か者、ペニスなどの意味がある。また中欧や東欧のユダヤ人の間で使われているイディシュ語では尻の穴という意味になる。瀬川が「これはJewishの表現」と書いているのはそのためだ。実際には瀬川は大魔羅を「Big Schmuck」とは訳していない。ある箇所では「a big tool」（大きい道具）と訳し、別の箇所では意訳して「bastard」という言葉を使っている。アホ野郎、クソッタレという意味だ。

●タコ焼き

瀬川《タコヤキ――道ばたで売ってるタコを焼いたあれですか？　それともタイヤキみたいなの？》

開高《タコの一片を入れて焼くお団子。銀座の屋台でよくやっている。関西が発生地。タイヤ

キみたいなのではござらぬ。ゴルフ玉大。今度きたら食べさせてあげる。》

二二歳まで日本（山口県）で暮らしていた瀬川がタコ焼きを知らないことに驚かされるが、そのため開高の説明だけではタコ焼きが何であるかがイメージできなかったようで、いっさい説明を付けずに「takoyaki」と訳している。

●ハモの皮

瀬川《ハモの皮――これは日本の通が好きな物ですが、外国人に通用するかしら？》

開高《ハモをあぶって肉をとったあとの皮。関東にはない。夏この皮をこまかくきざんでキュウリとザクザクにして三杯酢にしたので夕方、ビールをやったら、こたえられませんテ。おそらく外国人には通じまいと思うが、フランス料理やスカンジナヴィア料理のひとつに魚の皮を使うのがある。ただし、ごく稀れ。アメリカではどう？　ニューオーリーンズあたりにありませぬか？》

ハモは英語では「sea eel」（海のウナギ）、もしくは「(dagger) conger pike」というが、瀬川はハモの皮は直訳せずに「fish-skin」（魚の皮）といい換えている。

『五千人の失踪者』に関する質問に対する回答、解説を受け取った瀬川は、折り返しの手紙で次のように書いている。

瀬川《もろもろのインゴ（筆者註：隠語）のご説明ありがとうございました。今度来たらばタコヤキとハモの皮をごちそうになる。フグよりも安上がりですよ。（略）明日翻訳の四度目の書き直しをします。明日は七月四日の独立記念日ですゾ。そのらんちき騒ぎお祭りさわぎの最中に一日中働くというキンベンなる女性を他に御存知か?!》（一九七六年七月三日）

5 『笑われた』と『エスキモー』

『笑われた』は一九六三年に「新潮」三月号に発表された作品。郊外の農家で一緒に暮らす小説家志望のフリーターの男（開高健？）と、都会の食品研究所で化学技師として働いている女（牧羊子？）を主人公にした作品で、女が出産した病院で一九歳の若さで父親になった男が何人もの若い看護婦に哄笑《こうしょう》される話。瀬川のお気に入りの作品で、その翻訳に取りかかった際にやはり開高に質問を書いて送っている（一九七五年一一月三〇日付）が、あいにくとそれに対する回答が書かれた開高の手紙の所在がわからなくなってしまっている。

『エスキモー』は一九六二年に「文學界」七月号に発表された作品。核を搭載したアメリカの大陸間弾道ミサイルの誤射とソ連の反撃、それに端を発した両大国の軍事衝突で〝赤い平らなコンクリートの荒野〟と化した東京の某所で、小さな天幕小屋に集まる多国籍な人たちによる戦争責任を巡る対話劇とでもいうべき内容の作品だ。

この作品についても瀬川は一九七六年八月三一日付の手紙で質問を書き送っているが、この回答もまた行方不明になっている。ただ、四〇〇字詰め原稿用紙の半分ほどをコピーしたものが二枚だけ見つかったので、以下、その抜粋を紹介する。瀬川の質問の冒頭に記されている頁数は『七つの短い小説』（新潮社／一九六九年）による。

瀬川《115頁：日光はまだ……軽い湯のようにゆれていた（筆者註：原文は以下のとおり。〔気持ちのいい九月で日光はまだ汗もにじまず、埃もつけず、広大な赤い荒野のうえで軽い湯のようにゆれていた。〕）。これはかげろうみたいにゆれて見えたのですか。ゆれるというのはわかるけれど、軽い湯というのがわからない。》

開高《日光がかげろうみたいにゆれていたということ。澄明で。〝軽い湯〟とは新鮮な湯のこと。人が入ったあとの湯は練られて柔らかくて重いと日本人はいう。江戸時代には〝湯練り〟という仕事を三助氏はやった。西洋風呂ではやらぬことなり。病人は練った湯に入れたもの。》

●木の切れっぱし

瀬川《125頁：コンタン……迷信家らしくてこの期に及んでもポケットから木の切れっぱしを捨てようとせず……十字架のことですか？「童心によるマルチン・ルーテル」……人間の

童心をよりどころとして人間社会を改革する人間という意味ですか？》
開高《（一部不明）けられるといいならわしている。私も一時やってみたけど、きかなかった。ルーテルについてはあなたの案》
瀬川《１５０頁：「お世辞づかいをされるお気持はよくわかる……云々」この意味は分かりません。》
開高《お世辞をいいたくなるお気持ち、ぐらいのこと。なくてもいい。》

ちなみに、『エスキモー』は短篇集には収録されていない。瀬川の夫の従姉妹で作家のミリアムが「これは話が単純すぎるので短篇集に入れないほうがいい」といったからだ。

6

苦戦した短篇集の売り込み

瀬川は『岸辺の祭り』『決闘』『笑われた』『エスキモー』『穴』『玉、砕ける』『貝塚を作る』『一日の終りに』『五千人の失踪者』『怪物と爪楊枝』等々の開高作品を次々に訳すと同時に、翻訳した作品を出版すべく奔走、奮闘した。翻訳者であると同時に、開高健の個人的出版エージェントのような役割も自ら進んで果たしていたわけだ。しかし、日本では小説家としての確たる地位を築き、高い人気を誇っていた開高だが、アメリカでは『夏の闇』がただ一冊翻訳されただけの、しかもその一冊もさほど評価されなかった開高の作品を出そうといってくれる出版社はなかなか見つからなかった。

『夏の闇』のあと瀬川が最初に訳した『岸辺の祭り』の原稿を、瀬川は『夏の闇』を出版してくれたクノッフ社にまず売り込んだ。『夏の闇』出版当時の編集長ストラウスがすでに引退していたため、後任の編集長エリオット宛てにコピーを送ったのは一九七四年の九月のことだ。

瀬川《開高様　同封の手紙をエリオット氏に『岸辺の祭り』と一緒に送ります（明日の朝）。主人の従姉妹（『夏の闇』をほめてくれた本職の作家）が『岸辺の祭り』もとても褒めてくれました。今までベトナムのことはちっとも実情がわからなかったけれど、これを読んでスッカリわかったような気がする。描写がとても生きてるし、まるで眼にみえるようだ、プロットの中のアイロニーもとても良くきいている、感激した、といいましたよ。私もこの作品がとても好きなのです。『兵士の報酬』もいいけれど、これを先に読んだのでこの方が印象が強い。》

（一九七四年九月二五日）

開高《ずっと新潮社クラブで過ごしていたのですが、〝戦術的後退〟でちょっと自宅へもどってきたところです。そのためお手紙が回送されるのに手間どり、少し遅れて自宅で入手しました。『岸辺の祭り』のホンヤク御苦労さまでした。エリオット氏からいい返事がくることを祈っています。》（一九七四年九月　日付不明）

開高がこの手紙を書いた翌々月、ドイツのフランクフルトで毎年一〇月半ばに開催される世界最大の本の見本市「フランクフルト・ブックフェア」（ドイツ語ではブッフ・メッセ）に出かけていた新潮社の編集者・沼田六平太から『岸辺の祭り』に関する情報がもたらされる。

開高《新潮社は毎年このブッフメッセに参加することになっていて今年も沼田氏という人がいきました。この人は私の係りの人ですが、毎年でかけます。新潮社内では海外部長ということになりますか。彼はフランクフルトのあと、あちらこちらと回り歩き、ニューヨークへいってクノップ社のエリオット氏と会った。エ氏はストラウス海坊主氏の後任の人物でライフ社出身らしく先任者の文学業績を継承するものの自身の趣味としてはルポや歴史や伝記といったものの出版により多くの興味が有るらしいと観察されたという。しかし『岸辺の祭り』と『青い月曜日』の出版については積極的に目下検討中だと答えたという。》（一九七四年一一月一一日）

しかし、この直後、エリオットから瀬川のもとへ残念な手紙が届く。

瀬川《クノップ社のエリオット氏からは同封のつれない手紙が来ました。この人はとても冷たい人だと判断します。海坊主はいくら私悪口いってもあたたかいところのある人でしたよ。お手紙もとてもfriendlyだったのです。私はこの手紙を見て、何と冷ややかな、文学のわかりそうにない人だと思いましたけれど、その直感はあたりましたね。クノッフもとんだ人をやとったものだ。でもあきらめませんよ。『岸辺の祭り』を気持ちが落ち着きしだいどこか又送ってみます。》（一九七四年一一月一四日）

開高からは折り返し一一月末に《エリオット氏のことは残念でしたが、あなたと東京で会ったときにゆっくり話しあいましょう。》という返信があり、年が明けた一九七五年一月一六日には次のような手紙が届いた。

開高《海坊主に手紙を書きました。よたろであなたがおっしゃったように、去年のあなたのエリオット氏宛の手紙と、氏のあなたへの返事、それぞれコピーを取り、直、『岸辺の祭り』もコピーをとり、すべて同封して送ったのです。要するにストラウス王朝とエリオット王朝の空気のちがい、匂うもののちがい、匂いに敏感な私たちの不安、おっさんはえらかった、父よあなたは強かった、優しかったということ、いろいろなことを書き、何とかなりませんかというてみたのです。おっさんはひどいV（筆者註：ベトナム）嫌悪症ですから、『岸辺の祭り』にはアタマをふりますまいが、『青い月曜日』は何とか考えてみようというかもしれません。全作品集はおっさんのところにも全巻送ってあるので、何巻に入っているか指定しておきました。》

『夏の闇』の翻訳出版にゴーサインを出したストラウスを介してエリットに働きかけてもらおうと開高は考えたわけだ。ちなみに、開高の手紙に書いてある「よたろ」は天ぷらの名店『与太呂』

（第2章参照）のこと。しかし、開高の援護射撃もむなしく、エリオットは『岸辺の祭り』の翻訳出版にゴーサインを出さなかった。

瀬川《同封のエリオットの意地悪ジジイ（私より若いかも知れない）の手紙が来て、がっかりしましたが、これからはエージェントをみつけて出版社を探すつもりです。落着き次第そうします。望みを失わないで下さい。》（一九七七年一二月　日付不明）

しかし、クノッフ社への働きかけが不調に終わるのと相前後して、別の出版話が持ち上がる。ロンドン大学東洋アフリカ研究学院のチャールズ・ダン教授（一九一五〜一九九五年）が『パニック』と『流亡記』の英訳を完成させ、その原稿を開高に送ってきたのがきっかけだった。

開高《さて。かねてからロンドン大学のチャールス・ダン教授が『パニック』と『流亡記』の英訳を完成したといって原稿を送ってきました。そのうち『流亡記』がさきに到着したので、とりあえずコピーをとってそちらへお送りいたします。一度読んでみて下さい。私は例によって理解することはできるけれど味わうことができないのです。（略）
教授はロンドンの出版界にコネがないらしくて、どこかで本にしてくれるところはないかとさがしあぐねているようです。いずれ『パニック』も送って来るでしょう。そうなれば、至急コピーをとってお送りする事にしましょう。念のために教授のアドレスを左に書いておきます。

（略）これで『パニック』がくると、『流亡記』と『岸辺の祭り』ともあわせると、ちょっとした枚数になりそうです。訳者が違うという点が残念なところですが、どうお考えになりますか？ フィラデルフィアの春はどうですか？ よく外出して音楽を聞いたり、芝居を見たりしていますか？ 目下の私の生活は完全に隠者のそれです。ときどき、これがオレかと、怪しみたくなるほどです。ほんとですよ。 C・S・シーグル様》（一九七五年五月五日）

この開高の手紙に瀬川は次のように答えている。

瀬川《PRELUDE TO FLIGHTを拝見しました。とても律儀にそしてよく出来ています。ダン先生あまり律儀すぎるな、まじめすぎるな、と思うところも有ります。私だったら軽くする為にチャッとずるく抜いちゃうんだけどなと思う所もありました。でもたいへん立派な英語だからよろしいでしょう。》（一九七五年六月 日付不明）

『PRELUDE TO FLIGHT』（直訳：飛行への前奏曲）とは、翻訳した『流亡記』にダン教授がつけた英語のタイトルだ。こののち、ダン教授が訳した『パニック』と『流亡記』、瀬川が訳した『岸辺の祭り』は、東京大学出版会で単行本化することで話が進むことになる。瀬川はこれより前に同出版会から島崎藤村の『道』の英訳を出すことになっていたので、そのツテを頼って瀬川が東京大学出版会に話を持ち込んだのかもしれない。『道』の英訳本『The Family』は東京大学出版会から一九七六年に出版されている。

開高《アルボレダさんから電話で連絡が有りました。『岸辺の祭り』、たいそう面白く読んだとのことです。彼の話によると、ダンさんの訳した『パニック』と『流亡記』で短篇集を一冊作りたい。そして、『岸辺の祭り』だけでは短いので、もう二つほどシーグルさんに訳してもらって、それで一冊作りたい。いずれも東大から出版したいとのことです。二冊とも出版は来年のことになるでしょう。》(一九七五年一〇月二〇日)

「アルボレダさん」というのは、当時の東京大学出版会の編集長のことだ。

瀬川《『笑われた』は気をつけて一生けんめい訳しています。(略)私はこの作品大好きなのです。ものすごく沈痛でしかもユーモアに溢れていて、要領良くまとまっていて、アルボレダさんもきっといいというでしょう。実はこの間手紙が来て、ぜひ他の短篇もといって来たのです。(略)『笑われた』がすんだらすぐまた他のをします。まだ決めていないけれど、どれか特にお好きなのがおありでしたらお教えください。》(一九七五年一一月三〇日)

瀬川《私は健康で相変わらずビーヴァーのごとく働き、昨日『一日の終りに』をタイプし終え、今『笑われた』をタイプしています。(略)この二つの短篇を送り次第、また三つほど翻訳したいと思います。東大のほうは六つくらい入れてもいいということです。なるべく違った時代のもの、色んな傾向のものを入れたいと思うのですけれど、どれか、特にお好きなのがあったらおっしゃってください。あなたも、他の方も『兵士の報酬』がお好きのようですから、もう一度吟味してみます。》（一九七六年二月　日付不明）

瀬川《アルボレダさんは夏休み中なので『五千人の失踪者』は出来たのですけれど、送っていません。この間から『決闘』と『エスキモー』の一度目をざっとして、今二度目をやっている所です。》（一九七六年八月三一日）

この時点で瀬川は『岸辺の祭り』『一日の終りに』『笑われた』を訳し終え、『決闘』『エスキモー』をほぼ訳していたことになる。あと一作品訳せば全部で六作品になり、東京大学出版会から短篇集が出せる……というところまできていた。

ダン教授が訳した『パニック』と『流亡記』は『"Panic" and "The Runaway"』というタイトルで予定より一年ほど遅れて一九七七年に東京大学出版会から出版された。これに続けて、瀬川が翻訳した開高作品を集めた短篇集が出版されるはず、であった。が、東京大学出版会から瀬川訳の短篇集が出版されることはなかった。詳しい経緯は手紙のやりとりの中には記されていないが、アマデイオ・アルボレダが一九七六年九月に同出版会の編集長を辞したことが関係しているのかもしれない。編集長が替わったり、担当編集者の異動・退職に伴ってそれまで進めていた企画が没になることは出版界では珍しいことではないからだ。

東京大学出版会での翻訳出版が頓挫して数ヵ月後、開高と瀬川はアメリカの大手出版社ランダムハウス社（現ペンギン・ランダムハウス社／世界最大の出版社）に短篇集の出版話を持ち込む。『Darkness in Summer』の出版元であるアルフレッド・A・クノッフ社を傘下に持つ出版社だ。きっかけとなったのは来日したランダムハウスの社長と開高の会食だった。一九七六年六月のことだ。

開高《ランダムの社長の名前はMr. Robert L. Bernsteinです。ああいう王国の大統領となれば多忙すぎて東方の賢者のことなど、おぼえていられないかもしれません。「ニューズウイーク」の東京支局長のBernard Krisherの家でいっしょにランチを食べた二日酔いの小説家だといえば思いだすかもしれません。『青い月曜日』のロシア語版、『日本三文オペラ』のドイツ語版とポーランド語版をプレゼントしておきました。今日は用件のみで失礼します。もの凄くいそがしくなってきました。　ごぞんじ》（一九七七年一月　日付不明）

瀬川《やっとタイプをし終って、頁の続き番号を打ち込んで、明日あたりランダムの社長さんに手紙を書いて手頃な箱をみつけて荷造りして土曜日の朝ぐらいには送り出そうと思うのです。通し番号で219頁ですゾ。それをみな自分でタイプしたのだから、いやハヤ、ビーヴァーにちがいない!!》（一九七七年一一月二一日）

この頃から瀬川と開高はランダムハウス社をはじめ多方面に短篇集やそれ以外の作品の売り込みを画策するようになる。開高が最初に考えたのは、意外な気がするがアメリカ版「プレイボーイ」だった。開高は次のような手紙を書いている。

開高《私はオリオンをエージェントにしてるのだけれど彼らは絶望に沈んでいるのかいっかな動こうとしないので私自身が工作しなければならないということになります。「プレイボーイ」のアメリカ版に『岸辺の祭り』を売り込んでみようかと思っています。ほかにもアタってみます。（略）アタるかアタらないか、まったく見当がつきませんけれど、やってみようと思います。》（一九七七年一一月四日）

開高《日本版の「プレイボーイ」の編集長と私は親しい関係にあるのでその人物を通せばアメリカ版の編集部へじかにあれを送りつける事が出来ます。ただし、アメリカ人が日本人作家によって書かれたヴェトナムを読みたがるかどうか。ヴェトナムのVの字は"Vomit"のVに通ずるようなアレルギーがいまでもあるのではないかなど、いろいろ考えますけれど、ほかに妙案も浮かばないので、訳者としてのあなたのアドレスや電話番号もつけて送ることにします。今月末に。もし何か連絡があればうまくやって下さい。あなたの手元にある訳稿を短篇集として陽の目を見させてやる、その一助にとも思ってこういうことをするわけですが、ほかに何かいいアイディアがあれば教えて下さい。》（一九七七年一一月一五日）

文中の「Vomit」とは嘔《は》くという意味の動詞であり、嘔吐、ゲロを意味する名詞だ。

アメリカ版「プレイボーイ」に売り込むアイデアが浮かんでから一年後、同誌の副社長リー・ホール（当時）から「月刊プレイボーイ」（「ＰＬＡＹＢＯＹ日本版」／集英社）の岡田朴編集長（当時）のもとへうれしい手紙が届く。

開高《さて、同封したのはアメリカ版プレイボーイの副社長の手紙です。じつは『オーパ！』を日本版のプレイボーイに連載していた頃、その編集長の岡田朴氏が私と同年輩のせいか、私にたいそうリキをいれてくれていましたが、アメリカ版から買ってばかりじゃつまらない。何でもいいからこちらからも一発、アチラへうちこみたいというものですから、ちょうどあなたの訳した『岸辺の祭り』の訳稿が手元にあったので、『夏の闇』、『流亡記』などの訳本といっしょに渡したのです。当時のあなたの手紙に、プレイボーイはあかんでと、一言で片づけてある一節があったのをおぼえていますが、それはすでに訳稿をアチラへ送ったあとでした。私の一存でしたことなので、すべて責任は私にあります。（略）そこへこのリー・ホール氏からの手紙がきたので、岡田氏はもっと何かありませんかと乗りかかる。コレコレコウコウでと説明すると、ウン、ソレソレという。》（一九七八年一一月一一日）

「コレコレコウで」とは、『岸辺の祭り』の他にも瀬川が訳した『一日の終りに』『笑われた』『決闘』『エスキモー』などもあるということを説明したという意味。岡田編集長が「ウン、ソレソレ」と話に乗ってきたので、開高が翻訳原稿のコピーをすぐに岡田編集長に渡すと、編集長はすべてコピーを取り直した上でリー・ホールに送った。

開高《これまた私の一存。すべての責任は私。リー・ホール氏は手紙のあとを追っかけ、プレイボーイ編集部は大乗気になったとテレックスをうちこんできてせっついたものですから、あなたに何も相談しないでやってしまいました。しかし手紙にはあなたのこと、アドレス電話番号などを書いてホール氏に送り、何かする気になったときはきっとあなたの意向をたずねてからにしてくれと、いっておきました。》（一九七八年一一月一一日）

岡田朴編集長のもとに届いたリー・ホール副社長の手紙は要約すると以下のような内容だった。

《前回訪日したときにあなたから申し出があった開高健について、ようやく返事することができます。いただいた資料はほとんど読みました。なかでも『夏の闇』にはすっかり魅了されました。彼は非常に深く掘り下げた物語を語り、日常から非日常を作り出すようです。私は送ってもらった資料と私のコメントをプレイボーイ編集部に伝えました。その間に、ベトナムについてのレポートを含む彼の最新作の英訳が出版されたら、コピーを送っていただけるとありがたいです。》

以前、開高に対して「プレイボーイはあかんで」と書き送っていた瀬川は、この開高の手紙に次のように応えている。

瀬川《さて、お申越しの件、私がやるべき事をそちらでどんどんお運びくださってありがとうございました。私には全然異存はございません。「プレイボーイ」、「ペントハウス」、なんでもよろし。出してくれるならば。以前にアカンデと申しましたのは『穴』を送って脈がなかったからです。》（一九七八年一一月二五日）

アメリカ版「プレイボーイ」をめぐってこうした動きがあったのと同じ時期、開高は英訳本を出版してくれる日本の出版社もまた選択肢のひとつとして考えはじめていた。白羽の矢を立てたのが講談社インターナショナルだった。日本の作品を英訳してアメリカに輸出・販売する講談社の子会社だ。実際に話が動きはじめるのは一年ほど経ってからだが。

開高《講談社インターナショナルの川島氏はあのあとあなたから短篇集の訳稿をうけとり、検討中でした。今も中です。というわけで、あなたの訳稿は、目下、講談社とアメリカ版プレイボーイの二つの、マージャンでいうリャンメン（両面）待ちという姿勢にあります。しかし今日（11月11日）現在はどこからも決定的なゴー・サインがきていませんから、ソチラはソチラで、もしどこか、あなたがいいと思うところがあったらどんどんことをはこんで下さい。私に無断で結構です。私はあなたに白紙委任状を渡してあるようなものなんです。むしろ今度の件についてあなたと相談しているヒマがないまま、一存で事をはこんでしまったことを私は苦にしています。すみませんでした。今後はすべて、あなたと相談します。ひょっとしたら電話を

かけるかもしれません。》（一九七八年一一月一一日）

開高は講談社インターナショナルとアメリカ版「プレイボーイ」のリャンメン待ちと書いているが、瀬川は瀬川でニューヨークの文芸エージェントに接触したり、『岸辺の祭り』の出版をことわられたクノッフ社に改めて短篇集の企画を売り込んだりしていたので、三面待ち、四面待ちの状態にあったわけだ。しかし、待てど暮らせどどこからも色よい返事がないまま時間だけが過ぎた。

そんな中、ごくまれに先方から話が舞い込んでくることもあった。たとえばニューヨーカー御用達の雑誌「ザ・ニューヨーカー」（一九二五年創刊）。

瀬川《先日『ニューヨーカー』の短篇小説の係りのリンダ・アッシャー嬢が電話してきて、今までヨーロッパの小説の翻訳は出したことがあるが、日本のは一度もだしていない。何か心あたりアルカと申しましたので、アルアル、といい、『玉砕ける』のことを言いました。もちろん開高さんの小説は全然ニューヨーカー型ではないので、今までも送りませんでしたが（一週に１５００篇くらい来るそうなのでただ送ってもダメです）、注意を促す為『玉砕ける』と『決闘』にもう一度手を入れ（最近会った物書きに見せ、タイプし直しました）送りました。異質のものなので通らないとおもいますが、返信用の切手と封筒を送っておきましたので、帰《ママ》ってきたらコピーを作ってお送りいたします。》（一九八一年五月一三日）

ニューヨークの出版社パンテオン・ブックスから期待が持てそうな話が舞い込んできたこともあった。

開高《ちょっとええニュース。ニューヨークのパンセオン《ママ》・ブックス社のトム・エンゲルハート氏という編集者が日本へ来て、新潮社のヌマタ氏と会談をした。トム氏はその時、ヴェトナム意識がアメリカでふたたびひっそりと昂進しつつあり、やがて表面に達してどの程度かはわからないけれどブームがくると観測していると語った。氏はすでにカイコー氏の『輝ける闇』と『夏の闇』の翻訳を読んでいたく感銘しているので、カイコー氏のものなら何でも、とヌマタ氏にいうたと。ヌマタ氏はそこであなたの名をあげ、短篇の翻訳がすすんでいると聞いてると答えた。こういう話はえてして行違いや思違いが多いものであるからして、あなたのほうからトム氏に連絡をとられるのがよろしいかと思うのですが。》（一九八一年六月二二日）

「ヌマタ氏」とは、先にも名前が出た新潮社で開高の担当をしていた編集者だ。開高の手紙にはパンテオン・ブックスの住所と電話番号、トム・エンゲルハートの英語表記が書かれていたが、このとき瀬川は自著の執筆に専念していて時間が取れず、トム・エンゲルハートに手紙を書いたのは開高の手紙を受け取ってから半年経ってからのこと。ちなみにこのとき瀬川が執筆していたのは一九九三年にハワイ大学出版部から出版されることになる『Yoshiwara: The Glittering World of the Japanese Courtesan』。直訳すれば『吉原：きらびやかな花魁の世界』だ。

瀬川がトム・エンゲルハート宛てに書いた一九八一年一二月三〇日付の手紙は要約すると以下のとおりである。

《私が翻訳した開高健さんの三作品『決闘』『玉、砕ける』『貝塚をつくる』を同封しました。『玉、砕ける』は川端康成文学賞受賞作です。この三作品の他に、私はすでに五つの作品を翻訳しました。いずれも英語に翻訳されていない作品で、八作品あわせればとてもいいコレクションが作れると思います。もし出版していただけるのであれば、他の仕事は全て脇に置いてこの一冊に集中するつもりです。

今、開高さんのもとへはドイツの映画会社から『夏の闇』／『Darkness in Summer』を映画化したいというオファーが来ています。また、『ベトナム戦記』から『もっと遠く！』『もっと広く！』に至るルポルタージュ文学確立の功績を認められて第二九回菊池寛賞（一九八一年）を受賞しました。

彼は実に卓越した作家であり、非常に力強くも繊細で卓越した観察力と言葉の魔術を持っています。残念ながら彼は巧みなストーリーテラーではないし、彼の短篇集には文学者でない一般の読者が求めるような筋書きがない。それでも私は、彼の作品はこの国でもっと読まれるべきだと感じています。》

7

十数年を経てやっと決まった短篇集の出版

『夏の闇』の翻訳を終えた瀬川が最初に訳した『岸辺の祭り』をクノッフ社に持ち込んだのが一九七四年。『岸辺の祭り』を含む短篇集が東京大学出版会から出版されそうだという話が持ち上がったのは一九七五年。以後、開高と瀬川が日米の出版各社に売り込みを続けたにもかかわらず、五年経っても、一〇年経っても、開高の短篇集が出版されることはなかった。ようやく出版話がまとまったのは一九七四年から数えて一二年も経った一九八六年になってのことだ。

開高《あなたの訳した短篇集はタトルモリの手で現在アメリカのいくつかの出版社に送られ、検討されつつあるらしいのですが、まだどこからも返事がありません。》（一九八六年一一月一八日）

開高《某日、生き永らうべきか、べきでないか、など、窓ぎわでよしなしごとに思いふけっていると、タトル社から手紙がくる。ドッド・ミード社からの問合せで、〝三文オペラ〟と〝青い月曜日〟は出版しないことにきめたが、カイコー氏の作品でまだ英語になってないか、アメリカで売られたことのないものはないか、純文学か推理小説がいいのだが、という。小生ちょっとピクリとなり、生き永らうこととして、さっそくタトルに電話する。甲斐さんという女の声。『夏の闇』『輝ける闇』もめぼしいものはすべて英語になってるから条件がはずれます。しかし短篇でもいいものは一冊になるくらいあると思うからもう一冊短篇集を作ってはどうか。それはフィラ（筆者註：フィラデルフィア）のタンネンバウム女史とよく相談されたいと、返答する。甲斐さんにあなたのアドレスと電話番号を教える。

もう一冊短篇集を作るのなら、『パニック』や『流亡記』も訳してみては如何。これならロンドン大学の教授が苦訳しましたけれど、あなたの訳でやってもらえたらと小生は思うのです。あなたの手にかかるとこれまでわるいことよりはいいことのほうがずっと多かったし、グラスのふちに口をつけたならとことん底まで飲み干すのが正しい道と思いますので。チェーホフとドストエフスキーにガーネットがついたようなもんです。あなたからフォルチュナト先生にアタックをかけてみては如何。もしそうときまればほかに何を訳したらいいか、ふたりで考えましょうよ。そのためなら小生、しばらく生き永らうことにいたしますが。56才の秋が逝ってしまった。あと一月足らずで57才ですぞ。どないしまひょ?!……　　ごぞんじ》（一九八六年一二月四日）

この手紙と同じ日付で開高はもう一通手紙を書いている。短篇集の出版先が決まったことを知らせる歓喜の手紙だ。

開高《タトル・モリ。例の、帝国ホテル地下のレストランであなたも入って三人でメシを食べた、あの幸福なヒキガエルといいたい風貌の人物。あの人物が短篇集を売りつけることに成功しました。ドッド・ミード社です。初版は３０００部とか。文學にとってのこの国際的氷河期に、しかも短篇集を。感服しましたナ。さっそくロスチャイルドを一本贈っておきました。これで今日までのところあなたが英訳したものはすべて本になった。売れました。あらためて尊敬申し上げます。はるかに私の敬意をうけて下さい。》（一九八六年一二月四日）

タトル・モリは、日本でもっとも古く、もっとも大きな文芸エージェンシー（著作権エージェント：作家・著作権者の代理人として出版社に著書を売り込んだり、契約、著作権管理を行ったりする会社）だ。チャールズ・E・タトルとトム・モリの二人が創業した会社で、正式な社名はタトル・モリ エイジェンシー。前出のドッド・ミード社は一八三九年創業のニューヨークの老舗出版社（～一九九〇年）だ。

開高が「幸福なヒキガエルといいたい風貌」と表現したのはタトル・モリ創業者の一人であるトム・モリのこと。同社のホームページに一九八〇年頃にチャールズ・タトルとレイコ・タトル夫妻とトム・モリの三人が写った写真がアップされているが、右端に写っている恰幅のいいメガネのトム・モリには、テレビタレントの大橋巨泉を彷彿とさせる面影があり、ヒキガエルという開高の表現もうなずけなくもないというもの。幸福なヒキガエル氏に開高が贈った「ロスチャイルド」は、名門ロスチャイルド一族が誇るシャンパン、バロン・ド・ロスチャイルドだと思われる。

一九八七年一月以降、クリス幸運氏と瀬川との間で短篇集の編集作業が進められていく。その間にはクリス幸運氏のほうから長篇小説の翻訳出版の話なども飛び出し、開高の常套句を使うならば独楽が回りはじめたといったところ。

開高《その後、ドッド社のクリス・フォルチュナト氏は何かいいことを申し込んできておりませんか。大小、深浅、濃淡おかまいなしに吉報をお知らせ下さいな。近日中にタトルのヒキガエルにも会おうと思っています。》（一九八七年一月九日）

瀬川《今日ドッド・ミードのフォーチュナト氏に電話をして長話をしました。金曜日に原稿に彼が目を通してエディトしてくれたものがついて、それからずっとそれにかかっていました。それで今日話してみると中々いい人です。私はこの短篇集の題を『五千人の失踪者』（Five Thousand Runaways）とすることに反対したのですけれど、そしてその理由をこの作品にはわりと早いものでわりと軽いものだからと言ったのですけれど、彼はガンとしてこれを主張するので、ではまあそれでよろしかろうということになりました。『岸辺の祭り』を最後においてくれというと、それでは一番始めに『五千人』を持ってこようということなので、それはやめてくれ、私はちゃんと計算して『怪物と爪楊枝』を頭に書き、その次に『決闘』をもってきたのだからといって納得させせました。》（一九八七年一月二六日）

瀬川《彼はこの短篇集に大変感心していて、今のうちに小説の翻訳の契約もしようというので、『耳の話』や『日本三文オペラ』のこともいいましたが、とにかく何にするかはしばらく相談してからと彼はいい、「好きな物をいくつか推選してくれ」といいました。さて、たいへん忙しくなります。でも、今までがんばって一生懸命開高さんを宣伝してまわってやっと認められたような嬉しい気持ちでいます。別に私に限らず他の人にもどんどん翻訳して欲しいものです。私は開高大先生を開口一番ノーベル賞に推選しているのです。》（一九八七年一月二六日）

開高《ヒキガエルがニューヨークから帰る。ドッド社のクリス幸運氏と会い、いい人だったとのこと（もっと意見はないのかといいたいが電話だったもんで）。本は9月に出ることになったそうです。》（一九八七年二月二六日）

瀬川《短篇集の方は着々と進んでいるようで、しゃれたカバーも出来たようです。》（一九八七年四月一〇日）

瀬川《土、日と、大師匠の短篇集のゲラ刷りの校正をいたし、フォー《マ》チュナイ《マ》ト氏に手紙を書き、色々箇条書きを付け加えました。ゲラ刷りの校正までさせるのだから、ひどいと思いますが、此方もそれをしないと間違いなども多いからつい引き受けてしまいます。

一言おことわりしておきたいのは、『貝塚を作る』と『岸辺の祭り』の中で文章の順序をエディターの注意でかえたところがあります。確かにその方が論理にかなっていると思われるところです。もし、是非どこか知りたいとおっしゃるならば申し上げますが、本が出来てからでも遅くはないと思います。》（一九八七年五月　日付不明）

瀬川《短篇集は九月二五日に出てくるそうです。これも批評家がどんな批評をするかによってずいぶん結果が違いますので、いい批評がでるように祈っています。『輝ける闇』も『夏の闇』も本当の傑作だと思っていますが、わかる人しかわかってくれません。》（一九八七年八月

日付不明）

一九八七年九月二五日、予定通りドッド・ミード社から開高の短篇集『Five Thousand Runaways』が出版された。表題作を含め、同短篇集には計八篇の短篇が収録された。

『怪物と爪楊枝』／『Monster and Toothpick』、『決闘』／『Duel』、『笑われた』／『The Laughingstock』、『貝塚をつくる』／『Building a Shell Mound』、『玉、砕ける』／『The Crushed Pellet』、『穴』／『The Fishing Hole（Ana）』、『五千人の失踪者』／『Five Thousand Runaways』、『岸辺の祭り』／『Festivities by the River』

一〇年以上かかってやっと出版された短篇集に対しては開高も瀬川もそれぞれの強い思いがあったはずだが、実際に短篇集が出版されて以降、意外なことに二人の往復書簡の中ではそれについてのやりとりはまったくなされていない。

8
短篇集の冒頭を飾る瀬川の「開高論」

それにしても、なぜ短篇集の翻訳出版にこぎ着けるまでにこれほど長い時間を要したのだろうか？　理由は大きく二つ考えられる。ひとつは、当時のアメリカの出版界では「短篇集は売れない」が通説になっていたことだ。

瀬川《Short Storyはこの頃全然売れなくてAgencyも手をつけないそうですよ。でもCollectionだったらAgencyが出版社をみつけてくれるかもしれないそうです。》（一九七七年六月五日）

Collection——コレクションとは、特定のテーマに沿って同一の著者ないしは異なる著者の作品を集めてまとめた本のこと。瀬川自身、『アジア人の見たベトナム戦争』というようなコレクションを考えたりもしていた。その中に開高の作品を数点入れ込み、文学的に開高と並び立つようなベトナム、タイ、中国などの作家の作品を厳選して一冊にまとめたようなコレクションである。

瀬川《今は短篇集という形があまり売れないらしいのです。》（一九八一年四月二二日）

開高《純文学は出版が不利ですが、短篇集はとりわけ不利なようですから、私は風か潮の変るのを待つしかないと、思っておりますです。》（一九八六年一一月一八日）

もうひとつの理由はアメリカにおける開高の知名度のなさに加え、一九八一年に出版された『Darkness in Summer』に対する批評家の評価と販売実績があまり芳しくなかったことだ。

瀬川が短篇集の序文をなかなか書き上げられなかったことも、短篇集の出版が遅れた理由にあげてもいいかもしれない。瀬川が短篇集の冒頭に開高論的序文を書こうと思い立ったのは一九七六年頃のこと。東京大学出版会から短篇集を出版する話が進んでいた頃のことだ。

瀬川《できるだけ早く開高氏の伝記的序文をこね上げます。》(一九七七年一月五日)

瀬川《一刻も早く先生の伝記ならびに紹介文を書き始めねば、と心は火のようにせきますなれど、それには全集を始めから終わりまで再読いたすのが本筋ゆえ、またまた時間のかかることにござりまする。》(一九七七年一月三一日)

瀬川《あなたという作家を紹介するにはその全作品を読者に読んでもらうしかない、私は72年頃からあなたのお書きになったものを出るはしから送って頂いて読んでいますが、「何だ、開高さん、また同じことを書いてる」と思いながら読んでるうちに、しだいに、つまりOsmosis(筆者註:浸透)ですよね。あなたの偉さがわかって、その観察の鋭さ、歴史、社会を見る眼のたしかさ、表面に出る現象の裏をさぐる触手の敏感さに感嘆するようになって来たのでアリマス。で、人間・開高像をいかに紹介するかということは、結局とてつもない序文を書くよりほかないのでアリマス。でなければアメリカ人にその膨大なる作品を読んでもらうしかない。ところが彼らはとても読みますまい。出ている翻訳は少ないし、あなたの作品は面白い筋書き本位のベストセラーではないからです。それで、いい序文なしに6つか7つの短編――アメリカ人の好きそうな独立できるものだけ――を出すのはあなたに害あって益なし、どころか大迷惑をなさる所でしょう。だから、この夏私はどうしても大上段に構えた序文を書いて宮本武蔵的な世界人開高の正確な映像を(宮本ムサシは正確ではありませんね)多角的な、夏目漱石じゃ

ないけれど、お多角の健ちゃんの紹介をしなくちゃいけないなと思っているのです。》（一九七七年六月　日付不明）

この時点——すなわち一九七七年の時点で瀬川は序文を書き終えていた。従姉妹の作家に見せたところ「よくできた」と褒めてくれたと開高宛の手紙に書いている。しかし、時間をおいて読み直すたびに推敲すべき箇所が見つかり、そのたびに加筆訂正を繰り返すことになり、なかなか決定稿が仕上がらなかった。先の手紙から七年経っても、瀬川はまだ序文としての開高論を書き上げられずにいた。

瀬川《御本を沢山ありがとうございました。一気にたのしくいろいろ読ませていただきました。一番役に立った（とはヘンな言い方ながら）『コレクシオン開高健』の山崎正和氏の「不機嫌な陶酔」という一文でした。頭の悪い私が『ロマネ・コンテイ1935年』や『夏の闇』をただ感覚的にけぎらいしたり傾倒してほめたたえたりしていたのは甚だ作者に対して失礼でした。この一文でじつにあざやかに明快にわかったような気がして、「ああ『夏の闇』を翻訳する前にこの一文を読んでいたら！」と嘆いたことでした。これは今からなんらかの開高論を書こう、開高さんをあらゆるところから眺めてその偉大さを（本当に大きいですね。人格もサイズも）、アメリカの、私同様に頭の悪い奴らに説き聞かせようと思ってる人間にはじつにいい参考文でした。（略）この間から週末ごとに以前翻訳したものを読み返して少し手を入れていますが、

大学の合間合間なのでまだ序文の大開高論を一席ブツまでには至っていません。》（一九八四年一〇月二八日）

一九八七年に出版された『Five Thousand Runaways』では、瀬川の書いた序文「Translator's Introduction」が七頁にわたって記されている。開高から送られてくる新作を次々に読破し、開高に関する文献を読みあさり、何度も書き直し、長い時間をかけて書き上げた大開高論の要旨は以下のとおり。

開高健は複雑かつ多様な現代日本を代表する作家である。現時点において、彼はおそらく他のどの日本の作家よりもノーベル文学賞に値する作家である。彼は戦前の日本人が持っていた名誉、礼儀、謙虚さ、自制心、自己規律、他人への思いやりなどの美徳を持っている。少年期に第二次世界大戦を経験し、そこで極限状態の人間を観察した。そして戦後の自由闊達な雰囲気の中で作家として成長することができた。このような経験の積み重ねが、彼を強くたくましい作家にしたのであり、その作品は彼が日本の良心であると同時に、日本の最も厳しい批評家であることを示している。

（略）日本には、純文学と呼ばれる作家（writers of so-called "pure literature"）は売れないという神話があるが、開高は純文学作家であるにもかかわらず大衆に絶大な訴求力を持っている。世界中を釣り歩いたベストセラー作家であり、世界各国の逸話や下品なジョークで何時間でも人を楽しませることができる陽気な話術の持ち主でもある。彼の顔は釣り具のテレビコマーシャルを通して多くの人に親しまれてもいる。大衆週刊誌から本格的な文芸誌まで幅広く活躍し、多くの文学賞を受賞しているが、世界的な作家としての栄誉はまだ十分に得られていない。

続けて開高の生い立ち――父親を亡くした後、一三歳で一家の大黒柱になったため空腹に耐えながら苦労したこと、一九四九年に大学に進んでからも母親と二歳下の妹と自分を養うために勉強そっちのけでさまざまなアルバイトに明け暮れたこと、一九五二年娘が生まれたあとに詩人であり化学者の牧羊子と結婚したこと、牧羊子が働いていた壽屋（現サントリー）で働きはじめたこと、そこですばらしい広告のコピーを書き、ＰＲ誌「洋酒天国」を創刊してサントリーの発展に貢献したこと、働きながら小説を書き続けて芥川賞を受賞したこと、などが手短に記されている。

開高の『輝ける闇』は毎日出版文化賞を受賞（一九七二年）している。闇三部作の第二作『夏の闇』は一九七二年に文部大臣賞に選ばれたが、開高はこれを拒否した。その理由を開高はエッセイの中でこう書いている。「出版社や新聞社がくれる賞はありがたくいただく。しかし、私は常々、作家は政府からの賞を受け取るべきではないと考えている。文部大臣も政府の一員でしょうから、ありがたく辞退させていただきます」

（略）旺盛な知的好奇心と行動力で、開高は世界の隅々まで足を伸ばした。ベトナム戦争、ビアフラ戦争、アイヒマン裁判などなど、開高は可能な限り嵐のまっただ中の現場に飛び込んで観察し、生き生きとした鋭いエッセイを書いている。中国、中東、ヨーロッパ、アフリカ、カ

> ナダ、南北アメリカ大陸、ベトナム、などの紀行文が認められ、開高は一九八一年に第二九回菊池寛賞を受賞している。開高は決して政治的な作家ではないが、人間性に関心があるがゆえに、必然的に政治的、社会論理的に敏感な作家でもある。分析的な目と解剖学的なペンは現代日本の作家、それも私小説（watakushi-shousetu "the I-Novel"）の作家としては希少なものではないが、開高のような〝かかわる意識〟（a sense of engagement）を持つ作家は稀有な存在である。
>
> （略）開高は日本文学における私小説の伝統から対極にあるところから作家としてのキャリアをスタートさせた。一九五〇年代後半から一九六〇年代前半にかけての彼の初期の作品は、彼が自分の経験以外の主題を客観的に扱うよう意識的に努力していたことを示している。しかし興味深いことに一九六三年頃から開高は自らの経験を生かし、自分の内面風景を描写するようになった。（略）しかし、それまでの客観的な観察者としての訓練が、開高をして単なる私小説作家になることは許さなかった。結果として開高ははるかに人間的で興味深い作家になった。

以下、短篇集に収録された作品の簡単な紹介があり、それを踏まえて最後に瀬川はこう結んでいる。

> これらの作品は開高が〝物語の大家〟（a master storyteller）であることを示しており、戦国時代の高名な茶人を思い起こさせる。茶道の大家はその道に熟達し、しきたりにとらわれずに好きなように振る舞うことができた。同じように開高は唯一無二の物語の大家（the master of his unique story telling）になった。

第6章

『輝ける闇』と『INTO A BLACK SUN』

「春だ。お茶目な日光がイタズラの妖精のように踊っておる。
予は昼間から雨戸をたて、蛍光灯の蒼白のなかで書いちゃ破り、
破っちゃ書いて、季節に背いておる。」

（一九七五年三月一二日）

1

『輝ける闇』と『夏の闇』

『夏の闇』に続いて瀬川が翻訳したのは、開高の分身である主人公のジャーナリスト・久瀬の目を通してベトナム戦争の一断面を描いた『岸辺の祭り』であり、『五千人の失踪者』や『決闘』などの短篇だったが、開高が、そして瀬川が、『夏の闇』に続けてアメリカでの出版を本当に望んでいたのは『輝ける闇』だった。

一九六四年一一月一五日から翌年二月二四日まで朝日新聞社の臨時海外特派員として戦時下のベトナムを訪れ、南ベトナム政府軍と行動を共にした見聞と体験を週刊朝日に連載し、箱根に一週間こもって書き直したのが『ベトナム戦記』（朝日新聞社／一九六五年）であり、『ベトナム戦記』を下敷きにして書き下ろしたのが『輝ける闇』（新潮社／一九六八年）である。『ベトナム戦記』は特派員・開高健が書いたノンフィクションであり、『輝ける闇』は作家・開高健が書いたフィクション、すなわち小説だ。

『輝ける闇』というやや難解なタイトルは、ドイツの哲学者マルティン・ハイデッガー（一八八九〜一九七六年）の言葉からとったもので、瀬川宛の手紙の中で開高は《この表題はハイデッガーが現代そのものを定義したことばです。》と説明している。「何でも見えているが何にも見えないようでもある」「すべてがあるが何にもないようでもある」――ハイデッガーは現代をそのように定義づけ、「輝ける闇」と呼んだのだった。

一〇〇日ほどにおよんだ取材中には、ジャングルで南ベトナム解放民族戦線（ベトコン）に包囲されて集中砲火を浴び、死を覚悟するような瞬間も経験したが、開高の心に強烈に突き刺さったのはサイゴン（現ホーチミン）最大の規模を誇るベンタイン市場で行われたベトコン少年の公開処刑だった。一〇人の憲兵がライフルで一斉に少年を撃ち、直後に将校がこめかみにとどめの一撃を打ち込んだ。

このときのことを開高は『ベトナム戦記』の中で次のように書いている。

> 銃音がとどろいたとき、私のなかの何かが粉砕された。膝がふるえ、熱い汗が全身を浸し、むかむかと吐気がこみあげた。たっていられなかったので、よろよろと歩いて足をたしかめた。

『輝ける闇』の中では――。

> おびただしい疲労が空からおちてきた。私は寒気がして膝がふるえ、それでいて全身を熱い汗にぐっしょり侵されていた。汗はすぐ乾いたが、寒さはまさぐりようのない体の内奥からやってきて、波うった。胃がよじれて、もだえ、嘔気《はきけ》がむかむかこみあげた。私は闇のなかで口をひらいたが嘔く物は何もなかった。

このシーンは小説家の脳裏から、心底から、生涯消えることがなかった。五八歳の若さで亡くなった開高の絶筆になった『珠玉』（文藝春秋社／一九九〇年）の中でも、開高は『輝ける闇』とほぼ同じ筆致でこの処刑シーンを書いている。

> ある朝の未明、五時すぎ、ここで一人のヴェトコンの学生が射殺された。（略）おびただし

い疲労が空から落ちてくるのを感じた。熱い汗が全身に吹きだし、膝がふるえ、むかむかと嘔気におそわれた。その場にたっていられないくらい膝と足がふるえてとまろうとしない。嘔気をこらえこらえあたりを何となく歩きまわって震えを散らす。（略）何かが粉塵に粉砕された感触が濃くあったけれど、まさぐりようがなかった。

ベトナム戦争が、ベトナムでの経験が、開高にとってトラウマに、心的外傷後ストレス障害（PTSD）になっていたことが窺えるというもの。開高の死を悼んで編まれた『悠々として急げ　追悼開高健』（筑摩書房／一九九一年）の中で、共同通信社の編集委員などを務めたジャーナリスト・小山鉄郎が、牧羊子のこんな言葉を紹介している。

苦しいときでも、例えばジョークとか、いつもエンターティンしようとした男でした。そんないっときの歓楽に身をゆだねているような男でした。それはやはり、ベトナムで見た少年の処刑ですよ。あれから何をやってもいつも空しいという思いから抜け出せなくなってしまった。

ちなみに、『夏の闇』特装本（新潮社）の後記で開高は「これまでだいたいのところ私は自身から離れたい遠心力で作品を書いてきたが、この作品からは求心力で書くことを決心した。」と書いているが、実は『輝ける闇』もまた求心力で書かれた作品なのである。一九七五年九月、ドナルド・キーンに宛てた手紙の中で開高は次のように書いている。

わが国の作家は、明治以降の文学の主流をなしているのが『告白』であるためか、十人のうち十人までが自分によりそい、自分をなぞることから作家となっていくのですが、私は出発当時、この態度に反対しました。自分から遠ざかりたい一心で書いたのです。いわば遠心力で飛ぼうとしたわけです。しかし、『輝ける闇』の頃から自分へもどっていく力、求心力で書くように変わりました。これは第二の出発です。（略）しばらくはこの力で飛んでみようと思っています。（前出・ドナルド・キーン著『声の残り　私の文壇交遊録』より）

『輝ける闇』の第二部として書き下ろしたのが『夏の闇』であり、さらにそれに続く第三部を書き下ろし、完成した闇三部作に『漂えど沈まず』という総題をつけて出版する構想を開高は持っていた。英語の翻訳は『夏の闇』が先になってしまったが、それに続けて『輝ける闇』の翻訳出版を開高が望んだのは、こういう気持ちがあったからに他ならない。

しかし、『輝ける闇』の翻訳出版もまたおおいに難航した。

2

『輝ける闇』の翻訳出版を拒否しつづけたスト爺

開高が瀬川に『輝ける闇』を送ったのは一九七二年一二月のこと。『夏の闇』の翻訳がほぼ仕上がりつつあった頃のことだ。『輝ける闇』を一読した瀬川は、『夏の闇』を読んだときと同様、「これは出版すべきだ！」と直感し、『夏の闇』の翻訳出版を進めていたクノッフ社の編集長ストラウスにすぐに電話をかけた。

瀬川　《『輝ける闇』全く感心しました。いただいてすぐ読み、すぐストラウス氏に電話をかけました。「これを出さないことには！」といったのです。ところが彼は落ち着き払って「私もちょっと目を通したが、私は『夏の闇』のほうが好きだよ」というのです。『輝ける闇』を読んでこそ『夏の闇』が生きて来ること、それなしには『夏の闇』は一人よがりに聞こえるところもあることを強調したのですけれど、彼はウームというような曖昧な声を出して、「まあ、この翻訳の結果を見て、四、五年（！）してから考えよう」などというのです。

私は『夏の闇』の売れ行きを見ていたら『輝ける闇』は出っこないのでそういいました。つまり、スト氏は『夏の闇』が売れればもうひとつを出そうというのですが、二つ出してこそ両方売れる可能性はあるけれど（そうして文学的にも意味があるけれど）、『夏の闇』だけで売れるはずはありません。大衆受けしないに決まってるから。売れないと決まっていたら、文学のために両方出すべきです。（というのは変なリクツかしら）。》（一九七二年一二月二六日）

瀬川の手紙に対して、開高がめずらしく長い手紙を書いている。

開高《お手紙をありがとう。『輝ける闇』を激賞して下さったうえ、〝ストのくそジジイ〟をのしって下さったので新年早々、胸がスッとしました。（略）『輝ける闇』は１９６８年に出版したのですが、ニューヨーク在住のスト氏は何度も考えなおしてから出版しないことにしたという手紙を当時くれました。いっぽう彼はドナルド・キーン氏と電話で相談もしたらしい。キーン氏はそれ以前に私から送っておいたのを読んでくれたうえ、肯定的な手紙をくれ、ことに私が日本の戦争とダブらせて書いた点を注視し、スト氏には最終のジャングル戦の部分を圧倒的だといって推選してくれたらしいのですが、いろいろあった末、スト氏の答えは、ヴェトナム戦争が終わってから出版したいという意見であったらしい。キーン氏の最近の私宛の手紙にはそうあります。

私は作者ですから客観的に自分の作品を評価することがなかなかむつかしいのですが『夏の闇』はハッキリ、『輝ける闇』の第二部と意識して書きました。もちろん『輝ける闇』を読まなくてもわかるよう独立的なものとして扱う態度はつらぬいたつもりです。このことは出版直後にスト氏の手紙でハッキリつたえておきました。しかし、たとえば『夏の闇』の主人公がヴェトナムへいこうとして女と別れる場面で、女に戦争の話をしてくれと迫られたときに、ストーリーとしてはその話をしてやったらしいが、本文には暗示的な点描しかあらわれていません。すでに『輝ける闇』であれだけ濃密に書き込んだ以上、もう一度繰りかえすことはあるまいと考えたからです。あなたの手紙で『輝ける闇』を読んでいなければ『夏の闇』には一人合点と思われてしまう要素があるという指摘はおそらくこういう個処をついているのではあるまいかと思います。非常に正確で痛いほどです。そのほかにもあるかもしれません。全体がすでにそうです。なぜ主人公が寝てばかりいるかも、『輝ける闇』を読んだ直後に『夏の闇』を読めばよくわかるのではないかと思います。けれどそれはざんねんなことにあなたぐらいなのです。(略)

長い手紙になりました。ヨタロのお茶はまだありますか。

瀬川淑子さま　　ごぞんじ》

(一九七三年一月　日付不明)

この手紙から、『輝ける闇』を出版した一九六八年当時から、開高がストラウスに対して翻訳出版を働きかけていたことがわかる。そのときはストラウスから「出版しない」と返答があり、『輝ける闇』の翻訳出版の話は立ち消えになっていたが、瀬川がストラウスに電話をしたことを手紙で知った開高は、『夏の闇』の翻訳出版を機に再度ストラウスを口説き落とす気になったわけだ。

開高《しばらくお便りをもらっていませんがお元気ですか。小生はあいかわらずですが、ヴェトナムにいこうかと思っています。しかし、東京のヴェトナム大使館がヴィザをだしてくれないので、どう工作したものかと弱っています。この一週間中には〇か×かがハッキリすると思うのですが、いまのところどんよりしています。もしいけたら私にとっては三度めなのですが、おそらくこの国へいくのはこれがさいごとなるでしょうし、私にとって〝一時代の終り〟となることでしょう。行かないまえから行ったあとの感情を書くのは奇妙なことですが、そう予感しています。（略）

で、あるならば、『輝ける闇』についてのあなたの見解やキーン教授の見解などをストラウス氏につたえ、もう一度プッシュしてみようかと思っています。これは1968年に発表した作品ですが当時はアメリカにとってV国問題はピークだったときで、和平協定できてアメリカ兵が血を流さなくてもすみ、あと一ヶ月もたてば一兵のこらず撤退しようというい ま、おそらくV国と聞いてアメリカ人がイライラしたり、だまりこんだり、叫びだしたりすることはもうないでしょう。私にはそう見えます。

どんな作品も読者の住む時代の心で読まれるものですから、やさしく、やわらかく、低くもう一度読みなおしてごらん、と彼の毛むくじゃらの耳にささやいてみようと思います。もう一度読んでごらん。英語で読んでごらん。それもフィラデルフィアのシーグル夫人の英語で読んでごらん。と。今日の手紙はこれだけ。

これから羽田空港までいってペストの予防注射です。サイゴンはバイ菌の天国ですからね。今夜は酒を飲んではいけません。　シーグル夫人さま　ごぞんじ》（一九七三年一月　日付不明）

ペストの予防注射を打った開高は翌月、一九七三年二月にサイゴンへ赴く。朝日新聞社の臨時海外特派員としてベトナムを訪れてから三回目のベトナムだ。同年一月二七日、アメリカ、ベトナム共和国（サイゴン政権）、ベトナム民主共和国（北ベトナム）、南ベトナム共和国臨時革命政府（解放戦線）の四政府代表によってパリで調印された「ベトナムにおける戦争終結と平和回復に関する協定」（パリ和平協定）後のベトナムの姿、ベトナム戦争の幕切れを自らの目で見るためだ。

この協定が国際的に厳正に履行されることを保障するため、二月一四日にはアメリカと北ベトナムの共同声明が発表され、三月二日には先の四政府代表に加えてフランス、イギリス、カナダ、ソ連、中国、ポーランド、ハンガリー、インドネシア八ヵ国代表と国連事務総長が加わった国際会議がパリで開かれて決議が行われ、さらに六月一三日には戦争の当事者である四政府がパリで共同声明（第二次和平調印）を発表することになる。この間、開高はベトナムに一五〇日間とどまり続け、第二次和平協定調印後に帰国する。

和平協定調印後も戦闘は続き、一九七五年四月、北ベトナム軍によるサイゴンに対する攻撃作戦（ホー・チ・ミン作戦）によってサイゴンが陥落（四月三〇日）、その後、ベトナム共産党主導の国家再統一に向け歴史が動いていくことになる。

滞在中のサイゴンから、開高は瀬川に手紙を送っている。

開高《いまサイゴンにいます。これが三度目です。これが最後になるように祈っています。〝和平協定〟は調印されましたけれどアメリカの撤退と捕虜返還だけが唯一の収穫みたいなもので、現実には何ひとつとして解決されていません。田舎ではあいかわらず流血がつづいています。毎日少しずつ減っていくようですが、ここの軍墓地では毎日埋葬がつづき、その悲鳴。その号泣。エアコンがよくきかないのでモルグ（筆者註：死体置き場）の死臭のひどさ。

その後ストラウス氏は何かいってきたでしょうか。『輝ける闇』も訳すように決心したといってきたでしょうか。ヴィザ入手のために奔走していたので、その後私はストラウス氏に手紙をだしていないのです。二、三日中にこちらからだすつもりでいます。いい返事があるといいのですが。お手紙を下さい。しばらくここに滞在します。　C・S・シーグル夫人さまごぞんじ》（一九七三年二月二六日）

瀬川《その後スト氏は『輝ける闇』のことをウンともスンとも言って来ません。この間ニューヨークで四、五日すごしたので、電話をかけたら（金曜の午後）金曜日は会社を朝一一時半に退出して田舎の家へ帰ってしまうんだそうです。そうして月曜日の午後遅くひょろりと帰って来るのでしょう。一週間一〇時間位しか働かないのじゃないかしら。そうしないと血圧が上がるんじゃないかしら。》（一九七三年四月一三日）

開高《同封したのはストラウス氏宛の私の手紙のコピーです。くたびれきっていたころなので日本語で書いたのを東京の新潮社に送り、そこで英訳してニューヨークへ送ったものです。だいたい、いいたいことをいったつもりですが、ストラウス氏からはまだ何もレンラクがありません。牧場で糖がアタマにきて、ウトウト眠りこけているのかもしれません。もうちょっと待ってみましょう。》（一九七三年四月三〇日）

瀬川《お手紙のこと。五月の初め、またスト氏に電話をかけて、何度目かに、また『輝ける闇』のことを言い出してみたんですけれど、あの人ガンコですね。脳ミソは軟化してるかもしれないけれど、意志の方は硬化しています。頭から「アメリカ人はもうベトナムのことを聞くのはアキアキしている」というのです。問題にしないような口ぶりです。たしかにアメリカ人は今ベトナムの事はいやになってるので、その点は認めます。今度お書きになった手紙が効果をもたらすかも知れません。また少し待ってみたら、リヴァイヴァルでベトナムが問題になるかも知れませんし。今はもうウオーターゲートの話で持ち切り、毎日面白くてしょうがないんです。》（一九七三年五月一四日）

瀬川《ストじいは、こわれたレコードのように、また同じことを繰り返して言いました。『輝ける闇』は止めよう、もし、三部作の最後のものがよければ、それを出し、その時にまた『輝ける闇』を再考してみよう」といいました。でも、「もう一年くらいしたら、私は半分隠居するから（今働いている時間を半減したら一体何が残るでしょう！）そうすると、日本語を読む人は全然いなくなる。そうしたら、この課はどうなるかわからない」といいました。私は、くそくらえ、そんなにもったいぶる奴に頭を下げてやるもんかと思い、冷然としていました。》（一九七三年六月一三日）

開高《おっさんの頑固はよくわかります。『輝ける闇』については先便のとおりデイチャムチャム（筆者註：「少しゆっくりと」という意味のベトナム語）でいきましょう。

キッシンジャーとト（北ベトナムのレ・ドク・ト顧問）の第二次和平調印のあった2日後にトーキョーへもどってきました。脳の右半球にはニョクマムがしみ込み、左半球に日光があたりすぎてボンヤリしています。この手紙は例のお茶の水のホテルで書いているのですが、今週末、日光の山奥の湖へいきます。そこの冷たい、青い水で右半球と左半球を洗い、ヤブウグイスの声を聞き、65センチの野生のニジマスを釣り、ヴィエトナミゼイション（筆者註：本来はベトナム化という意味だが、ここではベトナムの垢というような意味で使っているようだ）を落とし——ちょっぴりと大事な所をのこして——それから下界へおりて〝社会復帰〟です。（略）これから私には小説を書くという地獄がはじまります。しばらく世間から姿を消します。》（一九七三年六月二六日）

3 『輝ける闇』の翻訳作業

『輝ける闇』の翻訳出版が〝デイチャムチャム〟になったため、『夏の闇』の翻訳を終えた瀬川が開高の短篇の翻訳にとりかかったことはすでに書いたとおり。『岸辺の祭り』『決闘』『笑われた』『エスキモー』『穴』『玉、砕ける』『貝塚を作る』『一日の終りに』『五千人の失踪者』『怪物と爪楊枝』などを次々と訳していく。一九七六〜七七年頃にこれらの短篇をほぼ訳し終えると、瀬川は改めて『輝ける闇』の翻訳に意欲を見せるようになる。

瀬川《暇もないくせにノンフィクションを読んでから『輝ける闇』を訳してみたくなっています。とても売れる本じゃないけれど、大切ですものね。売れるのは三文小説ばかり、悲しいことです。日本は出版社の天国ですよ。文学作品もガラクタも皆出て売れてるようですから。》（一九七七年六月五日）

瀬川《明後日月曜からでも『輝ける闇』の翻訳を始めます。そうしてそれが済んだら『青い月曜日』。この二つは誰にも上げないでください。出ても出なくても私がやります。》（一九七八年一一月二五日）

瀬川《ビーヴァーぶりを発揮して仕事のことでクリスマスに手紙を書きます。（略）翻訳のほうはざっとした下訳が新潮社の『開高健全作品、小説８の部』の２３５ページまでできました。一ヶ月の間に一三四ページくらいやったわけですけれど、これはほんとうに片っ端から雑にやるので自慢にもなりません。》（一九七八年一二月二五日）

新潮社の『開高健全作品・小説８』（一九七四年）では『輝ける闇』は九九頁から二七三頁にわたって収録されている。全体で一七四頁分あるうちの一三四頁分をわずか一ヵ月で翻訳したわけだ。翻訳作業に没頭している瀬川の姿が目に浮かぶというもの。

しかし、いつものことながらというべきだろう、『輝ける闇』の場合も瀬川は開高独特の文章を英語に翻訳するのに頭を悩まされることになる。先の手紙の続きにもそのことが書かれている。

瀬川《このあとがたいへんなのです。日本語で読むと考えもしないですらすら読める文章が英語に直すと「これ何のことやろか」と思うことがしばしばで困惑するのです。そして理性的客観的には絶対にわからない感覚的な表現が多いので、まあ一体なんといえばよろしゅうござりましょうや、と途方にくれることがしばしばです。たとえばですね（ちょっと本をあけて赤線を引いた所をさがしますと）、２２５頁の「死の予感が昂進するにつれて生は上昇しはじめ、あまりに私は自身に憑かれていたのでどう避けることもできず……」etc.、２２６頁の「飢えかかった農民について蒼白で苛烈だがまさぐりようのない暈《かさ》に似た観念を膝にのせて……」これらは日本語だとスーッと抵抗もなくよくわかり名文でさえあるのですが、それほど感覚的でない文章でさえ、そのまま訳すと全く意味の通じない英文になってしまうので、私は頭をかかえて、開高さんあなたはどうしてこんな文章を書くんですか！　とどなりたくなるのです。》

瀬川がどなりたくなった文章の一例——。「死の予感が昂進するにつれて……」は、主人公の私と、難民キャンプの視察からもどった通信社の特派員記者・安田が、サイゴンのキャフェ「ジェヴェール」で酒を飲むシーンで、日焼けした安田がビールを飲みながら物思いにふけている姿を見たときに、私の内面に沸き上がった感情を書いたもの。

死の予感が昂進《こうしん》するにつれて生は上昇しはじめ、あまりに私は自身に憑《つ》かれていたのでどう避けることもできずベッドからおりて靴をはいた。ひょっとして自身のかなたへ踏みだせるのではないかという予感がどこか遠くに漂っていた。

瀬川はこの箇所を次のように訳している。

I had a growing presentiment of death, which heightened my awareness of life; and when obsession with myself reached bursting point, I leaped out of bed, put on my shoes, and somehow hoped they'd let me step outside myself, lead me beyond myself.（講談社インターナショナル［ペーパーバック版］158頁／一九八三年）

直訳すると以下のような意味になる。

「死の予感が強くなり、生に対する意識が上昇しはじめた。そして自分自身への執着が頂点に達したとき、私はベッドから飛び起き、靴を履いた。とにかく私自身を外へ連れ出し、自分を超越させてくれることを願った。」
瀬川がどなりたくなった文章の二例目——。「飢えかかった農民について……」はその数行あとに出てくる。

明日も私はこのキャフェにあらわれ、飢えかかった農民について蒼白で苛烈だがまさぐりようのない暈《かさ》に似た概念を膝にのせて窓ぎわのおなじ席にすわり、三日月パンを食べつつ新聞を読んでいることだろう。

瀬川はこの箇所を以下のように訳している。

I'd return to my comfortable routine—show up at the same café and sit at the same table by the same window; read my newspaper, eat a croissant, and think about those hungry peasants with only a dim awareness of their misery.

「そして朝になると彼はそれを忘れ、私は快適な日課に戻る。同じカフェにあらわれ、同じ窓ぎわのテーブルに座り、新聞を読み、クロワッサンを食べ、そして飢えかかった農民たちの悲惨さをぼんやりと意識しながら彼らのことを思うのだろう。」——瀬川は難解な開高語を、このようにかみ砕いて意訳している。
　どなりたくなる文章がある一方で、翻訳家として閉口させられる文章もあると瀬川は忖度なしに書いている。

瀬川《それからまた閉口するのは、この小説を英語に訳すと、きっとすごくセンチメンタルになる映像がいくつもあること。たとえばウェイン大尉115～117頁、チャン220頁上段、クエーカー老人227～234頁など、これらは日本語で読んでも少々感傷的にすぎはしないかと思えるのですが、英語だと観察が全部主観的なので非常にセンチメンタルになりそうだと少々心配です。できるだけそんな印象をさけるようにadjective（筆者註：形容詞）とadverb（筆者註：副詞）を減らしたいと思います。

日本語には「いたましげに」とか「恥ずかしそうに」「打ちひしがれて」「弱々しく呟く」とかいうような表現がやたらに多くてこまります。それから、これは開高さんの癖なのでしょうが、「絶望もなく希望もなく」「憎しみもなく愛もなく」「何何もなく――もなく」という言い方。それから無邪気と荒涼、虚弱と練磨、傷と力があらそっていた、という風にふたつずつ対照的なものを並べるやり方が、翻訳をはじめるとすごく目につきます。》

瀬川が「閉口する」と指摘している三ヵ所には共通点がある。三ヵ所ともカギ括弧付きの会話のやりとりで話が展開しているということだ。「ウェイン大尉115～117頁」ではベトナムに対するアメリカの援助の仕方について米軍のウェイン大尉と私のやりとりが、「チャン220頁上段」では日本の新聞社のサイゴン支局で通訳兼助手として働いているチャンと私、「クエーカー老人227～234頁」ではたまたま出会ったクエーカー教徒の老人と私のやりとりが記されており、会話の合間合間にウェイン大尉やチャン、クエーカー教徒の老人の人物描写、表情描写が挟まれている。

ウェイン大尉と私のやりとりの一部を引用すると——。

「サイゴンではアメリカは一〇匹の豚をヴェトナム政府にわたす。するとどこかの村についたらそれが一匹になる。米が蒸発する。毛布もトラックも蒸発します。（略）」

「よく聞く噂ですよ。ここの政府は腐りきっている。〝赤《コミィ》〟の連中でなくたって、みんなそういっています。だからわれわれは農民一人一人と握手すべきなんです。（略）」

「できますか？」

「なぜできないのです？」

「ワシントンはサイゴンと握手していますよ。あなたがそれをやると、サイゴンが反対します。猛烈に反対します。アメリカは援助すべきで干渉すべきじゃないと主張します。」（略）

「サイゴンはヴェトナムじゃない！」

とつぜん大尉はタバコをたたきつけた。低いが激しい気魄《きはく》のこもった声で彼はののしった。

これらの文章を瀬川は、観察が全部主観的で、英語にすると非常にセンチメンタルになりそうだと当初は心配したが、あとで考え直したのか、実際には原文に忠実に翻訳をしている。

さらに続けて、瀬川は《今日はわからないとはっきりしていることについてだけ》とことわって、『輝ける闇』に関する質問や確認、提案を箇条書きしている。

●醜いアメリカ人

ベトナムの前線基地で、ウェイン大尉が私に対して次のように話す。「われわれの援助機関は村へ豚を持っていったり、薬を持っていったりしています。井戸を掘ったりもします。私の領域じゃないが、醜いアメリカ人がいるんです。醜いアメリカ人はここの農民といっしょに働き、いっしょに寝ているんです。彼らはなかなかやってますよ。」

これに関して瀬川はこう書いている。

瀬川《115頁下段：醜いアメリカ人。この場合Ugly Americanは本が出た頃の意味なのでしょうが、今Ugly Americanというとだいぶ意味がちがってきているのでちょっと困ると思います。よく考えてみます。》

「醜いアメリカ人」(ugly American)は、海外で傍若無人に振る舞い、アメリカのイメージを傷つけるような言動や行動をとるアメリカ人のことをいう。しかし、ウェイン大尉の話に出てくる「醜いアメリカ人」はそれとは異なる。一九五八年に出版されてベストセラーになった『The Ugly American』を念頭に置いてこの言葉を使っているのだ。

『The Ugly American』は東南アジアにおけるアメリカの傲慢、無策、腐敗を暴いた小説だが、主人公のホーマー・アトキンスは現地の人と共に暮らし、エンジニアとしての知識と技術を生かして、現地の人の暮らしを豊かにするために尽力する好人物として描かれている。「醜いアメリカ人」を「ugly American」と直訳した場合、読者が果たしてそこまで理解して読んでくれるだろうかと瀬川は危惧したわけだ。

しかし、開高との手紙のやりとりの結果なのかどうか、『Into a Black Sun』では瀬川はとくに説明を加えることなく「醜いアメリカ人」を「ugly American」と直訳している。

●チベットから延安まで

瀬川《121頁下段：「チベット国境までにげのびて延安に拠点を作ったが」……チベット国境の方へ大迂回したことはたしかですが、この文によると延安がチベット国境のあたりにあるように聞こえる。延安は陝西省の北の方だからだいぶ距離がありますね。最終的にはという意味でeventuallyとかなんとか言った方がいいと思います。》

瀬川が抜き書きした文章の前後を原文どおりに補足すると、「中国共産党の紅軍は二万五千華里の大長征をやり、チベット国境まで逃げのびて延安に拠点を作ったが、この国の革命家たちは首都からたった五〇キロ、六〇キロ、ほとんど顔と顔がふれあんばかりのところに延安を持っているのである。」となる。中国国民党軍の攻撃を回避するために中国共産党軍が一九三四年から三六年にかけて行った二万五千華里（約一万二五〇〇キロ）の大行軍についての記述だが、延安市がチベット国境のあたりにあるように読み間違えられる印象を与えるという瀬川の指摘はなるほどそのとおりだろう。

実際の訳文では「eventually」（やがて、結局、そのうち）ではなく、「and at the end of it built a base in Yenan.」（そして最後に延安に拠点を建設した）となっている。

●ミサイルは消えはしない

瀬川《136頁下段：「物価というものはミサイルのようにシュート・アップして消えるものなんだといった。」……ここは比喩が言おうとしていることと正確に一致しません。物価はたしかにミサイルのようにどんどん上にあがるばかりですが、消えはしません。消えるのは大尉が国へ送ったお金でしょう。アメリカ人はこういう所とてもlogicalでうるさいから、このまま訳すと必ず指摘されますよ。》

開高は瀬川の指摘を素直に飲んだのか、出版された最終版では以下のとおりになっている。「"skyrocket" was about the size of it: "Just shoots up and never comes down."」（物価上昇はそのようなものだ。上昇するだけで決して下がらない。）

瀬川《以上。まだ相当ありますけれど、一応私が調べて見つからない物をお聞きします。私が結婚してよかったと思うのは本を読んだり翻訳したりできるようになったということだけです。その点おおいにハリ切っています。ではまた。どうぞおくさまおじょうさまともどもにいい新年をお迎えくださいませ。　Cecilia 瀬川 Seigle Tannenbaum》

この手紙から一ヵ月後、一九七九年一月二三日付の手紙には翻訳が順調にはかどっている様子が書かれている。

瀬川《一回目の推敲が半分位まで進みました。こうやって読んでみると、開高氏に腹もたたずやはり「名作なるかな!」と心から感激しています。下訳をやっていた時は本当に日本語の英語に訳すことの難しさ、日本語のくどさ、主観的表現の多さ、繰り返しの多さに閉口したのですけれど、推敲にかかるとそうでもありません。(略)

開高氏の筆の力は全くたいしたものです。この小説の中に流れるあらゆる人への人間愛が非常な魅力で、これはもうどうしてもいい訳を出してみんなに読んでもらわざあなるめえ、と思っているのです。

この間お電話した時、お話しできなくて残念でした。ただ『輝ける闇』がケッサクであること、順調に行ってること、うまく訳せればいいが(というのは英語で立派な文学作品として独立できるものになること)と思うこと、これをやってる間、私は最高に幸福であること、などお知らせしたかったのです。

ではまた。ごきげんよう。おくればせながら明けましておめでとうございます。

セシリア淑子》

このの ち三回目の推敲を終え、その原稿をご主人に読んでもらっておかしなところを指摘してもらい、その箇所を書き直して4度目のタイピングにとりかかるところで、瀬川はどうしてもわからない箇所についての質問を書き連ねた手紙（一九七九年三月二二日付）を改めて開高に送っている。その文末に瀬川は次のように書いている。

瀬川《ときどき、くりかえしの多い所、それからいつも同じ表現がきまって出てくる所は切除させていただきます。たとえば230頁上段と234頁上段のクエーカーのおじいさんの顔、「深い皺に荒らされた醜い顔」というのは一度言ったら印象に残るので、くりかえしません。「シーツが炉のように熱する」というのも二度くらいでやめておきます。蚊帳が「雲のような」というのも二度くらい。これはグレアム・グリーンも「雲のような」と書いています。他にたくさんすばらしい形容があなたの本のなかにありますが、たいていすばらしい形容は一度ですごく印象に残るので、繰り返さない方がいいと思うのです。

（略）ではまた、いつもうるさいことばかりいうババアだとお思いになるでしょうが、キンベンさにめんじてお許しください。今まであんまり早くやりすぎて雑になったと後悔していますので、今度はゆっくり、丁寧にして、きっとどこかに出版してもらいます。もちろん一番先にかけあうのはクノーフです。そろえて出してほしいとおもいます。牧様にどうぞおよろしく。六月二十一日から四週間スカンジナビアへ行きますが、それまではどこへも行きません。ごきげんよう。　セシリア淑子》

『輝ける闇』に対する質問に対し、開高からの回答はなかなか届かなかった。待ちに待った返信が届いたのは四ヵ月も近くたってからのことだ。

開高《これは辨解《べんかい》にならないのですが、あなたの質問状を机において悪質なカゼにかかって寝こんでしまったり、治ってまたかかったり、そのうち去年〝文藝春秋〟に書いた『玉、砕ける』という短篇で川端康成賞をもらって、その週がまたニューズ種のない週だったので二、三の週刊誌にインタービューで攻めこまれ、そこへこんな本ができてきたりしたもんで、すっかりあなたへの返事がおくれてしまっています。いま少々お待ちを。

昨日（4・30）のお電話のあとになりますけれど、すでに書いてあったのでこのまま送ります。質問状の回答も送るだけは送ってみますが、それを待ってもよし、待たずともよし、すべてはあなたの御心のままにふるまってください。（筆者註：実際の手紙では開高自身が赤ペンで傍線を引いている）》（一九七九年五月一日）

非常に残念なことに、質問に対する回答が記された開高の手紙は瀬川の手元にはない。行方不明になっている。ちなみに開高の手紙の中にある「こんな本」が何を指すのかは不明だが、タイミング的に『食後の花束』（日本書籍／一九七九年六月一五日）だと思われる。

4　やっと翻訳出版された『INTO A BLACK SUN』

翻訳し終えた『輝ける闇』の原稿を瀬川が真っ先に送ったのはやはりクノッフ社だった。一九七九年のことだ。『夏の闇』と『輝ける闇』の翻訳本が同じ出版社から出版されるのがこの二冊にとって一番望ましいと考えてのことだ。しかし、クノッフ社に送った翻訳原稿はその一ヵ月後に「うちでは出版できない」という手紙とともに送り返されてきた。

瀬川《5月15日に手紙をつけてクノフ社に『輝ける闇』を送り、今日その打診のためにクノフのグリーン氏に電話したところ、今日原稿を送り返すところだ、それにグリーン氏の手紙がついてるから、ということでした。（略）しかたがないからリテラリイ・エージェントで有名な人に手紙を書いて、その人に売り込んでもらおうと思います。でもLiterary Agentというのも自分がお金をもうけるためですから「売れる」という自信のあるものしかとりません。だから引き受けてくれるかどうかわからないのですけれど、私が一軒一軒戸叩いて回ってもダメだから、マーケットをよく知っているエージェントに頼んだほうがいいと思います。》（一九七九年六月一二日）

有名なリテラリイ・エージェント（文芸エージェント）に出版社への売り込みをお願いすると同時に、瀬川は瀬川で、ときに開高も巻き込みながら『輝ける闇』の売り込みに精を出した。

クノッフ社から『輝ける闇』の出版をことわられたあと、瀬川が最初に『輝ける闇』の翻訳原稿を送ったのはコロンビア大学が発行している雑誌「Translation」。以前に『岸辺の祭り』や『笑われた』の翻訳原稿を送ったことがあり、そのときの感触が良かったからだ。短篇の第二弾として『穴』と『一日の終りに』を送ると同時に、『輝ける闇』も送った。「Translation」には『輝ける闇』を丸々掲載するだけの頁数がないことを承知の上で、だ。

瀬川《『輝ける闇』の抜粋を出して欲しいと思っているのです。この雑誌は大学雑誌ですから稿料なんかくれないかもしれません。まだ聞いていません。（略）私としては、とにかく活字にしてもらわないことには、と思っているのです。川端康成だってサイデンステッカーさんがどんどん訳したからこそノーベル賞をもらえるほど世界の人たちに読んでもらったわけでしょう。とにかくお金なんかいらないから、コロンビアの雑誌みたいな毛並みのいい所へ出してもらえたらと思うのです。》（一九七九年六月一九日）

同じ手紙で、瀬川は講談社インターナショナルにも『輝ける闇』の翻訳出版の働きかけをしたことを書いている。

瀬川《先日川島氏へ手紙を書きました。講談社インターナショナルから『輝ける闇』を出していただけないか、という問い合わせです。もし興味がおありなら原稿をお送りする、と書きました。それで開高さんからもお口ぞえ願えませんか。(略) それと別に出版社の名を15くらい書き抜きましたので、その全部にこういうストーリーがあるが、見ていただけないかという問い合わせをするつもりです。興味を示したところからだんだんに送ってみるつもりです。》(一九七九年六月一九日)

この手紙は次のような文章で締めくくられている。『輝ける闇』の翻訳出版が、そして短篇集の翻訳出版が難航していた当時の瀬川の気持ちがよくあらわれている。

瀬川《ドナルド・キーン氏にお手紙を書いて、一方ではアカデミアでもっと日本文学の翻訳を出して欲しいといってるのに、出版界は少しも興味を示さない、そのディレンマをどうしたらいいか、出版社を見つけるにはどうすればいいか、お聞きするつもりです。私はいくらでもやる気はありますのに。》

瀬川の手紙に書かれている講談社インターナショナルの件について、開高は以下のように応じている。

開高《せんだってのあなたの手紙の要旨を講談社インターナショナルの川島氏に伝えました。そして『輝ける闇』と短篇集、いずれかもしくは両方、出版しないかと、レトリックをつくして持ちかけました。『輝ける闇』の訳稿のコピーをフィラからとりよせるよう提言しておきました。もし、まだ、彼から手紙がそちらへいってなければ、コピーを送ってやってはどうでしょうか。》（一九七九年七月一七日）

この手紙を書いた直後、開高は北米大陸の北端アラスカから南米大陸の南端フエゴ島まで一気通貫で縦断する前代未聞の大釣行に出かける。一九八一年九月に朝日新聞社から刊行される『もっと遠く！──南北両アメリカ大陸縦断記・北米篇』『もっと広く！──南北両アメリカ大陸縦断記・南米篇』の取材釣行だ。全日程二四〇日、全行程五万二三四〇キロ、全費用三〇〇〇万円という超大型企画である。

開高が南北アメリカ大陸縦断の旅をしている最中に、『輝ける闇』の翻訳出版の話が講談社インターナショナルとの間で具体的に動き出す。以下に紹介するのは、南北アメリカ大陸縦断中の開高に代わって、妻で詩人でエッセイストでもあった牧羊子（一九二三〜二〇〇〇年）が瀬川に送った手紙だ。

牧《瀬川様のお手紙を頂きます一ヶ月程前になりますでしょうか。講談社インターナショナルの川島さんからお便りを頂きまして、これは電話でございましたが、『輝ける闇』を瀬川様のお仕事で出版させて頂きたいことはすでに瀬川様のご了解は得ていますとのことでした。ついては開高の許可をと云われました。といわれましても旅でたえず移動している主人との連絡はさきにも記しました事情で折り返しというわけにまいりません。週刊朝日のデスクはむかしヴェトナムへ参りましたころも担当してくれた方でとてもよく世話がゆきとどいていてたすかるのですが、それでも思いにまかせませんのは旅先がシティではなく目的地は原野という不便なところだから仕方ございません。たまたまこのときは何日か後にカラカスに入る予定でしたから川島さんにはそのようにご猶予を頂き、カラカスで通話できましたときに本人に話しましたところ大変よろこんでどうぞよろしくとの事で折り返し川島さんにお電話申し上げました。本は五月ごろに出るとの事でした。（略）　セシリア瀬川様》（一九八〇年一月九日）

牧の手紙では『輝ける闇』の英訳本『INTO A BLACK SUN』は一九八〇年五月出版となっているが、実際には半年以上ずれこみ、出版されたのは一九八一年一月。『夏の闇』を英訳した『Darkness in Summer』がクノッフ社から出版されてから実に七年後のことだ。

5
翻訳本の表紙に翻訳者の名前がない

講談社インターナショナルから出版された『INTO A BLACK SUN』はA五判のハードカバー

で全二一五頁。『夏の闇』を翻訳した『Darkness in Summer』がA五判のハードカバーで全二一〇頁だったので、ほぼ同じ仕様だ。

白地のカバーにタイトル『INTO A BLACK SUN』が大きな黒い太字で印刷されており、その下に『VIETNAM 1964—65』と印刷されている。朝日新聞社の海外特派員として開高が見聞した一九六四年から一九六五年までのベトナムの話だという意味だ。『輝ける闇』の表紙にはこのような言葉は記されていないが、年代によって様相が異なるベトナム戦争を意識して、アメリカ人読者向けにあえて表紙で明示したのだろう。

カバーの表には「napam victim」、裏には「wastedland, S. Vietnam」と題されたモノクロの写真が使われている。「napam victim」はナパーム弾で火傷を負った包帯姿の犠牲者のアップ、「wastedland, S. Vietnam」はナパーム弾で焼き払われた南ベトナムの荒れ地の写真だ。いずれも撮影者はS. Kuwabaraと表記されている。水俣病の報道写真などで知られ、ベトナム戦争も取材した報道写真家・桑原史成（一九三六年〜）の作品だ。

カバーの折り返しには『INTO A BLACK SUN』についての解説が記されている。タイトル表記のすぐ下に「A prize-winning novel set in Vietnam, 1964—65」とある。「一九六四—一九六五年のベトナムを舞台にした受賞作」という意味だ。開高がこの作品で第二二回毎日出版文化賞を受賞したことを意味している。

解説文は、以下の一文からはじまる。「Most novels are wraiths. Japanese novels are more wraithlike than other novels.」直訳すると「ほとんどの小説は亡霊である。日本の小説は他の小説よりも亡霊のようだ。」となる。しかし、『INTO A BLACK SUN』は「この伝統と決別する。元特派員の実体験にしっかりと根ざした六〇年代半ばのベトナムの、血の通った、タフな、そして激しく感動的な描写がここにある。」と続く。そのあとにあらすじを紹介する文章があり、最後に「『INTO A BLACK SUN』は素晴らしい本だ。この本には真実の力と偉大な文学の詩がすべて詰まっている。」（INTO A BLACK SUN is a remarkable book. It has in it all the force of the truth and the poetry of great literature.）と結んでいる。

裏表紙には作家やジャーナリスト四人の短評が印刷されている。

●Edmund White／エドマンド・ホワイト　作家

戦時下のベトナムの光景、音、匂いを、ついに巨匠が描き出した。中立的な日本人ジャーナリストの視点から書かれた作品は、開高の独特な深い慈愛に満ちた感性で濾過されている。ベトナムに関するこれほど生々しく、親密で、道徳的な記述は他にない。

●Bruce Dunning／ブルース・ダニング　CBSニュースの特派員（一九七〇〜一九七三年ベトナムを取材）

わたしがこれまでに読んだベトナム関係の本の中で、もっとも素晴らしいノンフィクションであり、事実のひとつだ。この作品は、私が記憶していた以上にベトナムでの体験を蘇らせてくれた。

●井伏鱒二　作家

妥協を許さない芸術家の小説が、ベトナム戦争を芸術作品に仕立て上げた。

●Murray Sayle／マレー・セイル　サンデー・タイムズ特派員（一九六五〜一九七五年にかけてベトナムを取材）

どの作家にも、どの兵士にも、自分だけのベトナムがあった。これは私が読んだ中で最も独創的な記述である。

価格は一二・九五ドル（日本での定価は二三〇〇円）。

ハードカバーの立派な本に仕上がっているが、瀬川はこの本を手にした瞬間、顔を曇らせることになる。翻訳者である自分の名前が表紙に印刷されていなかったからだ。中表紙をめくった次の頁に、これ以上はないというくらい小さな活字で「Translated by Cecilia Segawa Seigel」と記されているだけ。『Darkness in Summer』では開高と並んで瀬川のプロフィールも紹介されていたが、『INTO A BLACK SUN』にはそれもない。そのことに関する不満を瀬川は開高宛の手紙に書いている。

瀬川《本のできは大変よろしくて、ショウさんがとてもいい仕事をしてくださって磨きがかかりました。でも本当に95％以上の仕事をしたのは私ですから、本の表紙に訳者の名が出ていないといって川島さんとショウさんにすこし文句をいったらそれきりウンともスンともいって来ません。プリマドンナだと思われたのでしょうか。でもクノフなんかはちゃんと名前を出してますし、本のうしろに著者、翻訳者ともどもに略歴までいれてくれるのですものね。この本は友人が見て、「あら、あんたの名前、これ以上小さい活字は探せないわよね」といいました。そんなことでごちゃごちゃ言うのは嫌だったんですけれど、いわなければ「腹ふくるる思い」だからいったのです。》(一九八一年四月二二日)

文中に出てくる「ショウさん」とは、『INTO A BLACK SUN』の編集を担当したS. D. Shawのこと。「プリマドンナ」はイタリア語でオペラの主役女性歌手のことだが、そこから転じて気難しい女性、特別扱いされないと気がすまない女性、自分の思いどおりにならないとすぐ怒る女性という意味でも使われる。

肝心の『INTO A BLACK SUN』の評判はというと——。

瀬川《『輝ける闇』の反応がないので、一ヶ月ほど前ニューヨークのハーパー&ロウと講談社インターナショナルへ電話してみましたら、講談社のセールスマネージャーのお方も、ハーパーの女の方も、できるだけのことはしている、コピーをいろんな新聞や雑誌に送ったといっていいました。それで、知人でフィラ市の文化放送の書評やインタービュウをする人にも一冊送ったのですけれど、彼は音楽会であったとき興味を示したにもかかわらず、なんともいって来ません。今ベトナムが全然影を隠しているからかもしれません。カムバックしたのは1979年と1980年、すぐにまた消えてしまいましたからね。こういうものはサイクルがあるので、

また帰ってくると思いますけれど、うまく機会をつかむことは非常に難しいことです。》(一九八一年四月二二日)

開高《川島勝ッチャンが『輝ける闇』でいい書評が出たから近日中に送ってあげると。それは批評がよいわるいに関係なく至急にコピーをとってあなたに送るつもりです。ただひたすらに寛容。冷たい夏。4月頃みたい。不気味。　タンネンバウムさま　6・22・81　ごぞんじ》(一九八一年六月二二日)

あいにくと、良い悪いに関係なく『INTO A BLACK SUN』に関する書評が新聞や雑誌に載ることはほとんどなかった。売れ行きも芳しくはなかったと思われるが、それでも一九八三年一〇月一日には講談社インターナショナルからソフトカバー版が出版されている。

瀬川《夏の間に『輝ける闇』英語版(ソフトカバーの)をほめた評がジャパン・タイムズとイースト・アジアン・エコノミック・レビューに出ました。大変嬉しく思いました。これで少し人気が出るといいのですが。講談社のニューヨーク局が何もしないのでいけないのです。》(一九八三年一〇月七日)

「ジャパンタイムズ」(The Japan Times)に載った書評は概略以下のとおりだ。

米陸軍の中隊に編入された無名の語り手である私は、哲学的な客観性と辛辣なユーモアのセンスで、戦場の倦怠とドラマを読者に伝える。（略）『INTO A BLACK SUN』は、戦争がいかに人間性を枯渇させるかを探る感動的な作品である。他のジャーナリスト、翻訳者、民間人、兵士、僧侶との議論を通じて、個人的なものからイデオロギー的なものまで、紛争に関するあらゆる角度が等しい重みをもって提示されている。（略）開高は戦争に抗議して自決するベトナムの僧侶に敬意を表し、日本の知識人に同様の決意が欠けていることを嘆く。彼は活動家として、日本の東南アジアにおけるアメリカの政策支持に抗議した。この熱く正直な作品は毎日出版文化賞を受賞した。

活動家として云々は、作家の小田実や評論家の鶴見俊輔らと共に結成した「ベトナムに平和を！市民連合」（ベ平連）での活動——多くの知識人や無党派の市民を結集した討論集会、「ニューヨーク・タイムズ」紙などへの反戦広告、日米共同デモ、反戦米脱走兵への援助等々を指しているのだろう。

これ以降、開高も瀬川も往復書簡の中で『INTO A BLACK SUN』についてはまったく触れていないが、瀬川が訳した開高の短篇集『Five Thousand Runaways』の出版話に触れて、瀬川は次のように書いている。

瀬川《短篇集は九月二五日に出てくるそうです。これも批評家がどんな批評をするかによってずいぶん結果が違いますので、いい批評がでるように祈っています。『輝ける闇』も『夏の闇』も本当の傑作だと思っていますが、わかる人しかわかってくれません。》（一九八七年八月

日付不明）

第7章

未完に終わった闇シリーズ第三部

「この第3部を仕上げると『輝ける闇』以来の一時代が私の内部で終了することになります。けれどよくある事ですが、張り切りすぎるとプツンと切れちまうこともある。酒は断やすな。火をつけすぎるな。思いきって飛べ。しかし高くあがりすぎると空気がなくなる。といったところです。むつかしいところです。非常にむつかしいところです。」

（一九七四年一月二四日）

1
第三部の完成で私の内部で一時代が終わる

一九六八年に純文学書き下ろし特別作品として『輝ける闇』を新潮社から刊行し、一九七一年に雑誌「新潮」一〇月一日号に『夏の闇』を発表した開高は、その直後から『輝ける闇』『夏の闇』に続く第三作を執筆し、あわせて〝闇三部作〟とする構想を持っていた。

『夏の闇』を発表した直後に発行された新潮社の月刊読者情報誌「波」（一九七二年三月号）に掲載された評論家・佐々木甚一との対談「『夏の闇』の意味するもの」の中で、開高は第三部について次のように語っている。

> 前作の『輝ける闇』を第一部、こんどの『夏の闇』を第二部とする三部作を私は書いてみたいと思っているのですが、その第三部になるかどうかまだわかりませんけれど、オブローモフのような破壊的ともいえるほど徹底的に怠ける人間をいま書いてみたいと思っています。みんな目を背けて、もういいかげんにしてくれといいたくなるくらいの平和の象徴を書いてみたいんです。
> （略）気力、体力がたいへんだ、怠惰というものを書くには。絶え間なしに細部を象徴して書いていかなきゃいけないから。しかし、飲み、食い、かつ交わることだけに徹底したやつを書けないもんだろうか。

「オブローモフ」とは、ロシアの作家イワン・アレクサンドロビッチ・ゴンチャロフ（一八一二〜一八九一年）が書いた長篇小説『オブローモフ』の主人公の名前だ。才能も教養もあり、やさしい心の持ち主でもある貴族のオブローモフが、にもかかわらずただひたすら無気力、無為の生活を送るさまを描いた作品だ。

闇三部作の第三部は、しかし思うように任せず、その後、長年にわたって開高を悩ませ続けることになる。思うように書き進められずに悶々としていた心情を、周囲の人には多くを語らなかったであろう作家の葛藤を、開高は瀬川に宛てた手紙に赤裸々に書き残している。以下、年代順に追ってみると——。

●一九七三年

開高《第３部が完成したら全３冊をひとつにした形の本を出版し、それでもって発端からあらためて読んでもらいたいという声を世間向けに発射してくれるよう新潮社にたのんであります。新潮社ではＯＫしてくれました。》（一九七三年一月　日付不明）

開高《私としてはこの秋頃から第３部にとりかかるつもりです。》（一九七三年六月二六日）

開高《秋から新作にとりかかろうかと思っていますが、なかなか調子が戻りそうにないので弱っています。》（一九七三年八月　日付不明）

開高《ぼつぼつ第三部にとりかかります。来年上半期中の仕上げたいものと思っています。》（一九七三年一二月一九日）

●一九七四年

開高《このクラブで毎日寝たり起きたり、スパイ小説や鳥獣虫魚のことを書いた本を読んだりして。第三部はつらいものになりそうですぞ。お手紙はここに宛てて下さい。》（一九七四年一月八日）

「このクラブ」というのは新潮社クラブのこと。宿泊できる施設がひととおり揃っていて、作家が集中して原稿を執筆することができるようになっている。原稿がなかなか書けない作家を部屋に閉じ込めて原稿を書かせるカンヅメ部屋などという俗称も。

開高《年が明けて早々に、つまり1月7日に新潮社のクラブに入りました。これから4ヵ月かかるか、5ヵ月かかるかわかりませんがここに籠城です。『夏の闇』のときには通算5ヵ月かかりました。

　私はお守りや、ジンクスや、ゲンを半ば信ずるものですから、前回によかったことを全部踏襲しようと思っています。飲むもの、食べるもの、それからパンツを夜ふけに洗面所で自分で洗うことなども。これなど、いきづまったときには、最高の気晴しですゾ。じゃぼり、じゃぼりというわびしい音が身にしみましてね。外国にいるときもずっとこれはつづけていました。独身紳士におすすめできる手仕事のナンバーワンであります。（略）

この第3部を仕上げると『輝ける闇』以来の一時代が私の内部で終了することになります。ほぼ10年間でした。経験そのもののことを考えると30代の4分の3と40代の初めです。おそらくこういうしんどい三部作を書くことは当分ないでしょうから、私としては張り切らないわけには行きません。けれどよくある事ですが、張り切りすぎるとプツンと切れちまうこともある。酒は断やすな。火をつけすぎるな。思いきって飛べ。しかし高くあがりすぎると空気がなくなる。といったところです。むつかしいところです。非常にむつかしいところです。》(一九七四年一月二四日)

開高《私はずっとこのクラブで暮らしています。第三部の新作は何度もフリダシに戻っては〝再出発〟でほとほとくたびれてきましたが、今月からまたまた〝再出発〟です。イヤになってくるくらいで、私はこの作品を憎みかけているといってもいいほどです。8月と9月、かねがねのアラスカ州政府の招待でアラスカの原生林へ釣りの旅行に出かけるつもりでしたが、作品がそれまでにとても仕上がりませんので一年延期することに決心しました。何といっても私は文士であって釣師ではないのですからね。》(一九七四年五月二日)

瀬川《アラスカ行きを延期なさったそうですね。残念でしょうけれどアラスカは鮭が逃げたり絶えたりするような所ではありませんから、作品を完成なさってからゆっくりいらっしゃる方がおたのしみになれるでしょう。》(一九七四年五月一〇日)

開高《ごぶさたしました。目下私は群馬県の日光寄りの山のなかにある旅館で一人で暮していますす。野立看板もないし、ネオンもありません。朝と夕方には鳥が夕立でも降るように鳴きしきります。私は小さな部屋で寝たり起きたりしながら鬼火のように明滅する自我や回想を眺めて修行にはげんでいるのであります。新作は二進も三進もいかなくなって戦術的迂回です。一昨年もこの宿に一ヶ月ほどゴロゴロしていたことがあるのでやってきたわけです。六月の終りには東京へもどっています。》(一九七四年六月六日)

瀬川《開高様、御新作、無理押しをなさらないで、しばらく鳥の声や山の旅館のことをお書きになったらどうかしら。無理押しをなさるとそれが作品に出ますよ。生意気を言うようですけれど、無理をなさってるところは途端にわかって、途端に面白くなくなってしまいます。しばらくごろごろして題材の転換をして小品をお書きになってるうちに、ひょこりと大物が出てこないかしら。》(一九七四年六月一八日)

開高《やっと山から下りて来て、あなたの手紙を読むのはたのしかったけれど、仕事は止まったきりです。おそらく九月頃から再開することになるでしょう。今日はボヤくのをやめます。》(一九七四年六月　日付不明)

●一九七五年

開高《私はふたたびこのクラブにきました。悪夢の再開です。庭もノラ猫もすべて去年とおなじです。すし屋のおっさんは平家物語を読むのをやめました。何かわかりませんが自分で書くことをはじめたのですが、60枚でストップしたきりだそうです。ヒマがなくて、と舌うちしています。(略)全作品集も終わりましたし、あとは何とか第三部を仕上げるしかありません。

書きたいことがたくさんあるのにペン先へでてきたがらないのはほんとに困ったことです。ダムが満水なのにタービンが回らないようなものです。》(一九七五年一月一六日)

開高《この一ヵ月サイゴンへいこうかいくまいかと、毎日新聞を読みながら、迷っていました。迷いに迷っていたというところです。もし念願の第三部の冒頭部分が紙上に流れていなかったとしたら大地滑りが始まって一週間とたたないうちに飛んでいたことと思います。十年かけて命を賭けて追求してきた一国の命運が決せられるのですから、十年前からかねてより覚悟、予期していたことがそのとおりに起ったまでのこととはいえ私としては心安らかではいられないのです。

これからもまた、これまでのようにあの国ではいくつかの段階があって、それからいよいよ〝ビロードの手袋をはめた鋼鉄のゲンコツ〟という社会主義化の段階が開始されるものと思われ、しばらくはもやもやとした〝連立政権〟時代があるのではないか、くるのではないかと、4月28日現在思われます。私のような大物はそのうちどの段階で登場したらいいのでしょうか。》(一九七五年五月五日)

北ベトナム政府が、南ベトナム軍に対する全面攻撃(ホー・チ・ミン作戦)を開始したのが一九七五年三月。その後、古都フエ、南ベトナム最大の空軍基地があったダナンなどが次々に陥落する。開高の手紙にある〝大地滑り〟とはこのことを指していると思われる。そして開高が四月二八日現在で思っていたとおり、四月三〇日に南ベトナム政府は戦闘の終結と無条件降伏を宣言し、以後、

〝ビロードの手袋をはめた鋼鉄のゲンコツ〟化が進むことになる。迷いに迷った末、結局、開高はベトナムへは行かなかった。

開高《『酒の本棚』の短文の件では御面倒をかけました。目下進めつつある第三部で使いたいイメージやエピソードがあのホテルについてあるものですから、そちらで本腰を入れようと思ったため、ついつい包丁さばきを手控えることとなり、氷ぬきのマーテイニみたいな原稿になり、ちょっと恥じているところです。お見のがしあれ。》(一九七五年九月一六日)

『酒の本棚』とは、サントリーの新聞広告のために世界各国の当代一流の作家やエッセイストが「酒」をテーマに短篇小説やエッセイを書き下ろしたものを一冊にまとめた本のこと。発行：サントリー／一九七五年。編集：サン・アド。布張りした箱入りで、表紙と裏表紙はウィスキー樽用ホワイトオーク装、背表紙は革装、タイトルは金属板製という凝りに凝った装丁が施された豪華本。非売品だが、現在、古書店で一万円前後で売られている。

この本にはもうひとつ特徴がある。すべての作品が日本語と英語とで収録されているのだ。右開きにすると縦書きの日本語、左開きにすると横書きの英語。日本語のタイトルは『酒の本棚』だが、英語のタイトルは『A TREASURY DRINKING PLEASURE』(直訳：宝物を飲む楽しみ）となっている。開高はこの中で「マジェスティックのマーティニ」という文章を書いている。この作品を瀬川が『Martinis at the Majestic』と英訳した。「マジェスティック」とは、ベトナム滞在中の開高が定宿にしていた旧サイゴンのホテルのことだ。このホテルで飲むドライ・マーティニが開高は大のお気に入りで、開高のエッセイなどにもよく登場する。『酒の本棚』に収録されている「マジェスティックのマーティニ」では次のように書いている。

世界各国からきた無数の新聞記者やアメリカ将校たちがよってたかって鍛えあげたのだろう、ここの酒場のバーテンダーはナイフの刃のように研ぎあげたドライ・マーティニが作れるのである。(略)ドライ・マーティニのグラスを持って窓ぎわにすわると、グラスの肌にたちまち無数の霜の微粒ができて、小さいけれど澄明な北方の湖は霧にかくれる。

開高がサイゴンへ行こうか行くまいかと迷っていた一九七五年当時、傍目には開高が消耗しきっているように見えたようだ。ドナルド・キーンが前出の著書『声の残り 私の文壇交遊録』の中に次のようなエピソードを書いている。

(略)また一九七五年には、ある若い編集者が、今書いている小説が完成しなかったら、開高さんは自殺しかねませんね、と私に語ったことさえある。これは冗談のつもりだったのかもしれない。しかし聞いて私がどきっとしたのは事実だ。そして私は、彼をなんとか激励しなければ、と思った。その頃私は、雑誌『波』に、毎月エッセイを連載していた。そこで私は、次の号は、開高のために割くことにした。(略)私のエッセイは、成熟期に書いたもっと大事な小説よりも、むしろ若書きのほうに重みがかかって、バランスが変に傾いてしまった。でも、今読み返してみて、自分でこれなら満足できるという文章が、ひとつだけある。「開高氏の場合、五感の中で一番発達しているのは嗅覚であろう」

開高からは、私の記事に感謝する、という手紙がすぐに来た。そして私の文章に対する彼のコメントは、私を大いに喜ばせた。「御批評は微細で、鋭く、ことごとく正確です。さすが、と思わせられました。ことに嗅覚について書いていらっしゃる点には脱帽いたしました。これは鋭い指摘です。」

2

第三部のヤマ場で、泥沼のなかで足掻く

●一九七六年

開高《今年は第三部をいよいよ仕上げるカクゴですから沈香もたかず屁もひらずといった暮しに終始することでしょうが来年は雄飛します。アマゾンの上流へいってピラルクという怪魚を釣り、チチカカ湖へいき、それからできたらフロリダ、アラスカなどを考えています。徹底的に水浸りになるつもりです。もし北米へいくことになったらフィラデルフィアへあなたをたずねていきます。いっしょに釣りにいきませんか。いい穴場、何がいつ、どこで釣れるか、ホテルはあるかないか、モーターボートはなど、たいくつしたらしらべておいて下さい。　ビーヴァーさま》（一九七六年二月　日付不明）

開高《しばらくあなたから手紙がこないので気がかりになり、手紙を書くことにしました。（略）新しい家にいくらかなじんできました。ツバキ、モクレン、ウメなど咲いています。こ

こは海岸の砂地でまったくの不毛地なので盛土をたっぷりしてやらなければならないのでそれが一仕事でした。

仕事のほうはボツボツです。詩は跳躍で散文は歩行だという定義がありますが、ヨチヨチ歩きです。もう四年めになるので今年は何とか仕上げなければと思っています。仕事にかかるときは濃淡の差こそあれ、たいてい抑圧症に陥ちこむのですが、今もそうです。ひとりになると泥のようなメランコリアがたちこめてきて息苦しくてなりません。これにつけるクスリはありません。私の宿痾《しゅくあ》です。死ぬまで共棲することになるのでしょう。》(一九七六年　日付不明)

この手紙の日付は不明だがツバキやモクレン、ウメなどが咲いているということなので二〜三月頃と思われる。文中「新しい家」とあるのは一九七四年一二月、杉並の自宅に妻と娘を残して一人で引っ越した茅ヶ崎市東海岸南の家のことだ。本人はここを仕事場、書斎と考え、執筆に専念するため一人で暮らすつもりでいたが、じきに妻子が引っ越してきてしまったため、開高の一人暮らしの夢は叶わなかった。

開高《仕事はうまく行かないし、中年疲れがカビのように全身にはびこるし、このところ泥に首までつかったようです。》(一九七六年四月一六日)

●一九七七年

瀬川《まだ三部作の泥沼で呻吟していらっしゃるのでしょうか。それとももう南米はアマゾンのRain Forest（筆者註：熱帯雨林）でワニでも釣っていらっしゃるのでしょうか。》（一九七七年六月五日）

開高《小生、第三部がようやくヤマ場にさしかかり、いよいよ泥沼のなかで足掻いています。トンネルのさきに光がみえません。曲がり角を曲がったとも感じられません。『夏の闇』ではたった一人の女の一夏を描くのに５００枚使いましたが、今度は一冊のなかで三人の女を扱おうとしているので、ヘトヘトです。最後は〝そして誰もいなくなった〟というところへ持込む考えですが泣きたくなってきます。

三部作が完成したらもう一度三冊まとめて最初から読んでみてください。12年間かかったので各作で文体や何かが変わって行くとおもいますが、これは自然の律動みたいなもので、私としては抵抗しつつ同時に服従するという態度をとろうとしてきました。私はスロースターターですから、今後生きのびて書きつづけられたら前半生よりはよくなれるかもしれません。大器晩成。男子三日見ざれば期して待つべし。べし。べし。べし。》（一九七七年六月三〇日）

泥沼のなかで足掻いていたはずの開高だが、この直後、書斎を飛び出し、アマゾンへと飛び立っていく。一九七七年八月から一〇月までの全日程六五日、全行程一万六〇〇〇キロのアマゾン大釣行を敢行するのである。その釣行記は『オーパ！』というタイトルで「月刊プレイボーイ」の一九七八年二月号から九月号まで計八回連載された。連載をまとめた豪華写真集のような単行本は二八〇〇円という定価にもかかわらず、一〇万部を超す大ヒットを記録する。「オーパ!」とは驚いたときに発せられるポルトガル語だが、まさにオーパ!だ。

『オーパ!』の旅からもどるとすぐに朝日新聞の秋元啓一が飛んできた。

開高《オレが帰国するとさっそくセッカチ秋元がとんできてヤイノ、ヤイノとさわぐのだ。それによると、こうである。朝日新聞でかねてから練っていたパンナムドライヴ、トヨタが聞きつけて大乗気になり、車は希望のものを何台でも出す。メカのできるドライヴァーを何人でも提供する。南北アメリカにある六十何店かの同社のデポー(筆者註:拠点)に全部訓電をうって万全を期させるからゼヒといいだした。そこで朝日はカッカッとなり、秋元はカッカッとなり、オレはタジタジとなった。何しろ第三部が未完なのでヨロヨロとなった。》(一九七七年一一月二日)

「セッカチ秋元」と書かれているのは、一九六五年一一月から翌年二月までベトナムで開高と行動を共にしたカメラマン・秋元啓一(朝日新聞社出版写真部・当時)のことだ。開高と秋元は『フィッシュ・オン』でもコンビを組んでいる。

アラスカのキングサーモン釣りを振り出しに、スウェーデン、アイスランド、西ドイツ(当時)、フランスなどを釣り歩き、その一方でビアフラの飢餓戦争、緊張関係が続く中東、そしてベトナムなどを一九六九年六月から一〇月末までの約五ヵ月を費やして取材し、戦場での話を割愛して七一年二月に単行本として出版されたのが『フィッシュ・オン』だ。

そして『フィッシュ・オン』の続編として朝日新聞社が企画したのが南北アメリカ大陸縦断の旅。仮に付けられたタイトルは『フィッシュ・オン・オン』。北米大陸の北端アラスカから南米大陸の南端フエゴ島まで釣りをしながら車で一気通貫に走破しようというとんでもない超大型企画だ。この企画自体は『フィッシュ・オン』から間もない時期に決まっていたが、じっさいに動きはじめるまでには七、八年もの歳月を要することになる。企画の実行が遅れたのは、闇三部作の第三部にとりかかった開高がいつまで経っても原稿が書けず、原稿用紙と向き合って呻吟していたからに他ならない。

周到な準備を終えて四八歳の開高が最初の目的地アラスカへ向けて日本を出発したのは一九七九年七月二〇日のこと。そこから二台の車で北米大陸、南米大陸を縦断してフエゴ島に上陸したのが一九八〇年三月二三日。足かけ九ヵ月、全行程を走破した自動車のメーターが記録した走行距離は地球一周（約四万キロ）をはるかに超える五万二三四〇キロにも達した。旅の記録は前述のとおり北米編が『もっと遠く！』、南米編が『もっと広く！』というタイトルで「週刊朝日」に連載され、一九八一年に同名の単行本が二冊同時に出版され大ヒットを記録する。

アマゾン大釣行記『オーパ！』も、南北アメリカ大陸縦断大釣行記『もっと遠く！』『もっと広く！』も作品としては大成功を収める。しかし、第三部の完成を、純文学の作家としての大成を誰よりも願っていた妻の牧羊子が、原稿を放り出して書斎から飛び出していく開高のことを苦々しく思っていたことは容易に想像がつく。なんやかやと開高を書斎から引っ張り出そうとする出版社、編集者に対して敵意に近い感情を持っていたのは有名な話だ。敵意を持たれた編集者たちが広めたのかどうかは知らないが、牧羊子を怖れて、牧羊子を嫌って、牧羊子から逃げるために開高はアマゾンへ行ったり、南北アメリカ大陸縦断の旅に出かけたのだ、これは開高の逃走劇なのだというのが通説になっている。

そのとおりなのかもしれないが、『オーパ！』も、『もっと遠く！』『もっと広く！』も、すべては第三部を書くための取材、あるいは第三部を書くために必要な体験だったのかもしれない。

先に書いたとおり、開高は評論家・佐々木甚一との対談で「オブローモフのような破壊的ともいえるほど徹底的に怠ける人間をいま書いてみたいと思っています」と語っている。しかし、新潮社クラブや書斎に籠もっていても、「破壊的ともいえるほど徹底的に怠ける人間」が思うように書けない。ならば自分も試しに徹底的に怠けてやろう、日がな一日ただただ釣りだけをする生活を送ってみたら、魚だけを追い求める旅を続けてみたら、オブローモフに通底する何かをつかめるのではないか……作家がそう考えたとしても何の不思議もないと思うのだが、いかがだろうか。

『オーパ！』の旅から帰国して間もなく、開高は手紙にこう書いている。

開高《アメリカの映画界にヴェトナムブームがきたと教えられる。いつかあなたが手紙でヴェトナムはきっともう一度ブームになるような気がすると書いていたことを思いだし、あらためて〝女の直感〟に脱帽します。この風が出版界にも吹いてそれがオレにもまわってきて、『輝ける闇』『夏の闇』目下書いてる第三部一挙に三冊買手がつくという結構な事になってくれませんか。来年フィラデルフィアで微笑したいもんです。おっとりと。どこかの川岸で。》（一九七七年一一月一四日）

瀬川との手紙のやりとりの中で、開高が「第三部」という言葉を使うのはこれが最後だ。第三部を書くべく新潮社クラブに籠もったのが一九七四年一月。当初は半年ほどで書き上げるつもりだったものがなかなか書き上げられず、以後毎年のように「今年こそは！」と瀬川に書き送っていながら、それも果たせずにまもなく丸四年経とうとしているのだから、気心を許した瀬川に対しても「第三部」について何か書くのはさすがに気が引けるようになってきたということだろうか。

●一九七八年

「第三部」という言葉は使っていないが、それを想起させるような表現はその後の手紙の中に三つほど見つけることができる。ひとつは南北アメリカ大陸縦断の旅の準備を進めていた一九七八年夏の手紙。

開高《暑い、じめじめした、うっとうしいモンスーン地帯の夏。東南アジアやアマゾンのように一年中、濡れるか乾くかの二つがあるだけとなればカクゴがついて暑熱にも耐えられますが、日本のように四季があると、ついつい秋や冬に膚がなじんでしまって、夏がくると、苦しめられます。まるで暑熱のアマチュアみたいに。
今年はこれから後半期が私にとってのウオータールーです。ヒマなときに念力を送って下さいナ。オンナの、選りぬきの、すごい、しつこくて持続するやつをお願いしたいです。》（一九七八年七月一五日）

「ウオータールー」はワーテルローの英語読みであり、ナポレオンにとって最後の戦いになった「ワーテルローの戦い」を意味しているのは明らかで、闇三部作を念頭に置いた言葉だと読み取ることができる。

●一九七九年

一九七九年一月には開高は次のようなことを書いている。文中の「今やっている長編」というのが第三部のことだ。闇三部作の完成が開高にとってどのような意味を持っていたのかが、この手紙を読むとよくわかる。

開高《この15年間にヴェトナムを舞台に書いた短篇が九作になったので新潮社からだします。（筆者註：『歩く影たち』1979年5月15日発行）なかにはあなたの知らないものも三作入っています。「新潮」「文学界」「野生時代」などの今年の新年号に発表したものです。短篇はこの一冊でもうヴェトナムとはお別れです。武器よさらばです。今やっている長編でもちょっとヴェトナムを使いますが（何しろ『輝ける闇』以来の連作ですからね）それが終ればほんとにお別れです。永いつきあいでしたが、もうおそらくふたたび書くことはあるまいと思っています。短篇集は5月に出ます。出たら送ります。》（一九七九年一月一一日）

『歩く影たち』に収録されているのは『兵士の報酬』『フロリダに帰る』『岸辺の祭り』『飽満の種子』『貝塚をつくる』『玉、砕ける』『怪物と爪楊枝』『洗面器の唄』『戦場の博物誌』の九作品だ。その後記には次のようにある。

はじめてサイゴンへいったのは一九六四年だった。二度めが六八年、三度めが七三年。いずれも小説の取材のためではなく、出版社や新聞社にルポを送るためだった。しかし、おびただしい血と影をあたえられることがあったので、後日になって作品を書かずにはいられなかった。そこでこの十五年間に東南アジアを舞台にしてぽつりぽつりと書いた短篇を集めると、この一冊になった。（略）私としてはひとつの訣別であった。かねてからこの一冊は何とかして作ってみたい本だった。

一九七九年三月某夜　茅ヶ崎にて　開高健

南北アメリカ大陸縦断の大釣行を終えたあとの手紙では、釣師・開高健としての作品が大ヒットして多忙な様子や、ルポルタージュ文学の書き手としての開高健が高く評価されたことなどを記したあとに、純文学の作家・開高健としての覚悟が短く記されている。

開高《しかし私はもうそろそろ芸術のにがい冬に沈潜しなければなりません。ノンフィクションを書くと情念に微妙な肉離れが起り、つぎにフィクションの文体を再獲得するのに人知れぬ苦斗を味わわされます。抑圧よ、来れ。拘束よ、バンザイ。金よ、さらば。ビフテキをやめて串カツを食べよう。エッサイ・エロイム。》（一九八一年一一月二七日）

〝芸術のにがい冬に沈潜しなければなりません〞は、第三部の執筆に取りかかるという意味だと読むことができる。

3
未完のまま残された第三部――『花終わる闇』

結局、『輝ける闇』『夏の闇』に続く闇三部作の第三部を書き上げることができないまま一九八九年一二月九日、開高は食道腫瘍に肺炎を併発して死去してしまう。享年五八歳。あまりに早すぎる死だった。

開高の死後、開高が長年書きつづけながらも未完に終わった第三部の原稿全二五〇枚が、牧羊子の了解を得て、開高健の追悼特集と銘打った雑誌「新潮」の一九九〇年二月号に掲載された。表紙には「追悼特集・開高健　未発表小説　花終わる闇（250枚）」とある。

目次のすぐ後、六頁目から本文がはじまるが、その次の頁の下段に「『花終わる闇』について」と題した編集部による文章が添えられている。

この未発表小説は、総題を「漂えど沈まず」とする〝闇三部作〟のうち、小社より「純文学書き下ろし特別作品」として昭和四三年に刊行した第一部『輝ける闇』、小誌昭和四六年十月号一挙掲載の第二部『夏の闇』（昭和四七年刊）に続き、再び『純文学書下ろし特別作品』として刊行予定であった第三部に当たるものです。昭和四九年から執筆を始めていましたが、未完成原稿のまま遺されました。御遺族牧羊子氏の承諾を得てここに全文を掲載致します。

『輝ける闇』では新約聖書に収められている『コリント人への前の書』の一節を、『夏の闇』では同じく新約聖書から『黙示録』の一節を巻頭に配した開高は、『花終わる闇』では旧約聖書に収められている『傳道《でんどう》之書』の中の一節を巻頭に配している。

日は出《い》で日は入り、またその出《いで》し處《ところ》に喘《あへ》ぎゆくなり。風は南に行き
又轉《まわ》りて北にむかひ、旋轉《めぐり》に旋《めぐ》りて行き、風復《かぜまた》その旋轉《めぐ》る處にかへる。

物語の主人公は開高の分身である作家。新しい作品の題だけは原稿用紙に書きつけたものの、それから一年経っても一語も書けずにいる作家だ。作家が出会う主な登場人物は四人。ある日の夕方、地下鉄で出かけた先のビル街で出会ったフサと名のる娘、何かのパーティーで出会った弓子、八重洲の地下街で三〇年ぶりに出会った「暴風」というあだ名の中学の同級生、そして七年ぶりに再会した加奈子。

本文は以下のようにはじまる。ちなみに各章の頭に「　月　日」という二字がポツンと置かれているのは『輝ける闇』と同じだ（『夏の闇』ではこのパターンは踏襲されておらず、章が改まる箇所が二行分あけてあるだけ）。

月　日

漂えど沈まず。

新しい作品の題をそうときめ、原稿用紙に書きつけたけれど、それきりである。一歩もさきへでられない。かれこれ一年にもなるのだが、一語も書きだせないでいる。毎日、ただ寝たり、起きたり、沈んだ大陸のことを書いた本を読んだり、推理小説を読んだりするだけである。

このあとも、ひたすら書けないことが書かれている。

書きたいことが何もないから書けないのではない。たくさんあるのに書けないのである。それは凝視するとこっそり遠ざかっていき、無視すると足音をしのばせて近寄ってくる。

どこに誤算があったのか。それがわからない。題を紙に書きつけた翌日の夜から私は不能症に陥《お》ちこんでしまったのである。

作品が書けずに苦悩する作家は、苦悩しながらフサと出会い、旧知の弓子のアパートへ出入りし、フッとした瞬間にベトナム戦争に従軍したときのことを思い出し、中学の同級生に会ったのをきっかけに戦中・戦後の苦しかった時代のことを思い出し、そして加奈子との再会を果たす。

加奈子はドイツ・ボン郊外のガラスと鋼鉄の部屋に住み、ボンの大学で博士号を獲得し、研究室に勤めることになっていたが、休暇を利用して日本に一時帰国していたという設定で、まさに『夏の闇』に登場する女そのもの。大学時代の友人の名前がトキちゃんで、スーツケースにビニール袋一杯の「柿の種」が入っていて、自分のことを「クーアイツ」（孤哀子）といったりすることなどは『夏の闇』の女とまったく同じで、同じ女性がモデルになっていることは間違いない。そのため『夏の闇』をなぞったような描写も随所に登場する。

加奈子と二人、レストランで食事をしているときに、男が過疎村にある水車つきの藁葺き屋根の農家で二、三日一緒に過ごしてみないかと提案すると、［加奈子は皿から顔をあげて頰を紅潮させ、深刻な声で「うれしいわ」と呟いた。］――というところで話は終わり、最後の一行に（未完）と記されている。

『花終わる闇』は、短篇『一日』を併録する形で一九九〇年三月に単行本として出版されている。帯には次の文字が躍っている。

（表）現代文学に輝かしい足跡を残して開高健は逝った。「輝ける闇」「夏の闇」に続く第三部として十数年来書き続けられてきたこの長編はついに絶筆となった――。

（裏）〝漂えど沈まず〟――男は新しい作品の題を原稿用紙に書きつけた。しかし、恩寵はそれきり訪れず、男は焦躁にあぶりたてられるように女たちのもとに逃れる。男は女の肉体に、苛酷の戦場や、この世ならぬ静謐に満ちた古代の光景があらわれるのを見た……。地獄の諸相を体験した男の孤独と魂の救済を描く未完の遺作長編。短篇「一日」を併録。

「闇三部作」の第三部が完成したらぜひ自分に訳させてほしいと願っていた瀬川だが、未完に終わった第三部『花終わる闇』を瀬川が翻訳することはなかった。瀬川以外の誰かが訳しているかもしれないと思って調べてみたが、『花終わる闇』の英語版の存在は確認できなかった。米国版アマゾンで『Darkness that ends flower』というタイトルで日本語版の『花終わる闇』が売られているのが見つかっただけ。正式な英語のタイトルではなく、出品者が『花終わる闇』を直訳して勝手につけたタイトルだ。

第8章

ヘミングウェイ賞とノーベル文学賞

「シェクスピアの言葉を借りますと、〝響きと怒り〟の人生というふうになるのですが、いったい、いつまでこんなハッスル・アンド・バッスルにまみれて暮らさねばならないのでしょうかネ。」

（一九八三年一〇月六日）

1

サルトルも巻き込んだフランスでの出版話

開高の『夏の闇』が出版されたのが一九七二年。瀬川が英訳した『Darkness in Summer』がアメリカで出版されたのが一九七四年一月のことだが、その数ヵ月前の手紙の中で開高はこう書いている。

開高《『夏の闇』はフランス、イタリー、オランダ、ドイツ、デンマーク、スウェーデン、ポーランドなどからひきあいが来てるそうです。来年一月にあなたの名訳本がニューヨークで出版されてからがたのしみとなるでしょう。われわれはだまってニヤニヤ笑いながら眺めていたらいいのです。成功、不成功にかかわらず……。(略)

今度はあなたが東京へおいでになったら、ドル、フラン、マルク、ズローテイ、ギルデン、いろいろなお金で――すこしずつでしょうけれど――マツサカ・ビーフの炭焼ステーキ、お箸で、醬油をつけて、といういい店へ御案内します。これはうまいですぞ。

では、また。

C・S・シーグル夫人さま　　――ごぞんじ――》(一九七三年九月　日付不明)

開高の手紙にあるように、『夏の闇』は出版以来さまざまな国の言葉に翻訳されることになる。一九七七年フィンランド語、一九八二年ポーランド語、一九九三年ドイツ語、一九九六年フランス語、二〇〇四年タイ語……。

開高の没後（一九八九年）に出版されたドイツ語版、フランス語版、タイ語版の出版については開高が知るよしもないが、一九七七年のフィンランド語版の出版も開高の記憶にはあまりはっきりと残っていなかったようだ。開高の手紙を読むとそう思わせられる。

開高《『夏の闇』がフィンランドの出版社からクノッフの装丁とそっくりで出版され、同時にあちらの作家協会から話をしにきてくれとの申込み。そのあとノルウェー、スウェーデン、デンマーク諸国でも、これはそれぞれ各地の日本大使館主催ですが、やっぱり講演をしろという。今年はちょっと無理なので、それにこの試みは一年おきにやる習慣だとのことなので明々年六月、いくことにしました。フィンランド版の本はあちらから航空便で到着次第にそちらへ一冊送りましょう。》（一九七九年一月一一日）

開高《フィンランドはヘルシンキから来たカイニエミネン氏なる日本語と日本文学の研究者。ふいに某日、電話してきて、いささか早口で所々洩れるけれど全体としては端正な日本語で、『夏の闇』を翻訳出版した所、フィンランド文部大臣翻訳賞をもらった。ベストセラーにはならなかったけれど同国の高級インテリのあいだではたいへんいい評判になったとのこと。よく聞いてみるとこれが1978年。四年前のこと。全然こちらには何の通知もなく訳書も送ってこず、まさに寝耳に水一滴というところ。ヘルシンキとストックホルムの文学エージェントからクノッフ版の英訳本を提供されて一読し、昂揚したので、あらためて日本から新潮本をとりよせ、それから起したという。日本語にしばしばムツカシイ表現があって困ったが、それは英語版によって軌道修正できて大いにヘルプになったと、いいます。》（一九八二年一一月　日付不明）

文中の「カイ・ニエミネン氏」とあるのは、フィンランドの詩人で翻訳家カイ・ニエミネン（一九五〇年～）のこと。翻訳作品は『徒然草』、『源氏物語』、『おくのほそ道』などの古典から谷崎潤一郎、太宰治、川端康成、三島由紀夫、吉本ばななまでと幅広い。その業績に対して一九七八年、一九八二年、一九九一年の三度にわたってフィンランド政府翻訳家賞が授与されている。開高が「フィンランド文部大臣翻訳賞」と書いているのはこの賞のことであり、初受賞となった一九七八年の対象作品が『夏の闇』だった。ちなみにフィンランド語の題名は『Kesän pimeys』。「Kesän」が夏、「pimeys」が闇なので、『夏の闇』を直訳した題名になっている。

『夏の闇』のフィンランド語訳が翻訳家賞を受賞したことを知らされた瀬川は、こう反応している。

瀬川《開高さんのフィンランドでの賞はよかったですね。でも彼はたしかに翻訳をお宅へ送ってよこしましたよ。私はお宅でそれを見ましたから。ただ、カイ・ニエミネン氏がよく説明しなかったのでしょう。（略）私は『Into A Black Sun』が出てきた時に翻訳賞審査に出せばよかった、機を逸したと残念に思っています。こういうのは、いちいち申請しないと他の人はやってくれないいんだそうです。これもボケーっとしているから――》（一九八二年一一月一五日）

アメリカでもっとも権威ある文学賞のひとつに「全米図書賞」（National Book Awards）がある。この中に翻訳賞も設けられている。瀬川の頭の中にあったのはこの賞だったかもしれない。一九八二年は奇しくも日本の作品を翻訳した二作――ロバート・L・ダンリー訳『樋口一葉　その文学と生涯―貧しく、切なく、いじらしく―』（姫路文学館編）、リービ英雄訳『万葉集』が翻訳賞を受賞しているので、瀬川が「私も審査に出しておけば……」と思うのもうなずけるというものだ。

『夏の闇』が開高作品初の英訳本『Darkness in Summer』としてアメリカで出版されたのと同じ一九七四年、開高の少年時代、青年時代を描いた自伝的小説『青い月曜日』のロシア語訳本も出版されている。その意味では一九七四年は開高作品の海外デビュー元年といってもいいかもしれない。

一九七四年は、開高作品がフランス進出の足がかりになった年でもある。この年の一〇月半ば、例年どおりドイツ・フランクフルトで開催された本の見本市『ブッフ・メッセ（ブックフェア）』に参加した新潮社の沼田六平太は、その後パリへ行き、ガリマール社やストック社の編集者と会って、情報交換などを行った。ガリマール社は一九一一年創業のフランスを代表する出版社であり、ストック社は一七〇八年創業の老舗出版社だ。両社との話し合いの中で開高のことが話題になり、とくにガリマール社が開高の短篇に興味を示した。

開高《沼田はパリでガリマール社やストック社の編集者とも会い、両社とも現代日本文学に積極的な関心を濃くしましたという。とくにガリマール社は高級な雑誌n.r.f.（la Nouvelle Revue Française）を持っているので開高氏の短篇を検討した上でそれに発表したい。とりあえず英文訳のコピーを見せてくれないかとたのんだそうです。もしお手元に『岸辺の祭り』の英訳のコピーがあれば、さらにそれからコピーを取って一部送っていただけませんでしょうか。》（一九七四年一一月一一日）

「la Nouvelle Revue Française」はガリマール社が発行している文芸誌で、日本語に直訳するならば「新フランス評論」。一九〇八年の創刊以来、多くの作家を育てたことで知られる雑誌だ。

瀬川《私の訳のコピイをゼロックスでとってお送りします（すぐに）。ただ、私の訳から仏訳にされるのはイヤですよ。わたしは開高さんのためただ働きをするのはかまわないけれど、ガリマール専属の英語はわかるけど日本語はわからないというヤツにもうけさせるのはいやよ。ちゃんと日本語からやってもらって下さい。私は個人の為には尽すけれど、大会社（たとえば新潮社）にexploit（筆者註：搾取）されるのはいやですよ。でもガリマールは名門の会社だから、あなたの作品がそこから出ることは結構です。》（一九七四年一一月一四日）

開高《『岸辺の祭り』のコピーはフランスへ送りますけれどあなたがおっしゃるようにその英文から仏文にホンヤクすることはやめてくれと厳に申添えます。フランス側もその意志はないようです。英訳を読んだうえで日本語のわかるフランス人に訳させるといってるようです。ひょっとしたらパリの東洋語学校で教授をしているJ・J・オリガスあたりがやるのかもしれません。これは私の友人です。『兵士の報酬』を教室のテキストに使うといってきたことがあります。こういうことは前便に書添えるのをついウッカリして私が忘れていたことです。おわびします。あなたを傷つけるようなことはいたしません。御放念を。》（一九七四年一一月末）

残念ながらこの話は実を結ばなかったが、その四年後の一九七九年末、思わぬところからフランスでの出版話がまた持ち上がる。『悲しみよこんにちは』をはじめとするフランソワーズ・サガンの作品、『危機の女』ほかのシモーヌ・ド・ボーヴォワールの作品の翻訳で知られ、『わが友サルトル、ボーヴォワール』などの著書もある朝吹登水子（一九一七〜二〇〇五年）の紹介で、サルトルとボーヴォワールの二人がガリマール社に開高を推薦してくれることになったのだ。

サルトル（一九〇五〜一九八〇年）は哲学書『存在と無』や小説『嘔吐』などで知られるフランスの哲学者であり小説家。自らの意志でノーベル賞を辞退した最初の人物としても知られる。ボーヴォワール（一九〇八〜一九八六年）はフェミニズムの代表的作品である『第二の性』や、フランスでもっとも権威のある文学賞のひとつゴンクール賞を受賞した自伝小説『レ・マンダラン』で知られる哲学者、作家であり、フェミニズムの活動家。サルトルとボーヴォワールは結婚という制度に縛られぬ形で終生の伴侶として生きたことでもよく知られる。

フランスで絶大な人気と影響力を持つ二人が開高を推薦してくれるというのだから、若いころサルトルに傾倒していた開高にとっては、天にも昇る気持ちだったといっても決していいすぎではないだろう。しかし、このとき、開高は南北アメリカ大陸縦断大釣行（『もっと遠く！』『もっと広く！』）の最中で長いこと家を空けており、連絡を取るのも容易ではない状況にあった。そのため牧羊子が仲介の労を執ることになった。瀬川宛の手紙に牧はこう書いている。

牧《瀬川様がお訳しになりました『輝ける闇』のインターナショナル（筆者註：講談社インターナショナルのこと）にあります原稿のコピーを頂きまして、新潮社の沼田さんを通じてサルトル、ボヴォワール両氏におおくりしました。（この事務一切は沼田氏がなさいました。）

これは朝吹登水子女史の紹介によるもので、朝吹女史の手紙をリマにとどけ、開高のOKをとり事務を沼田氏に依頼したものです。サルトル、ボヴォワール両氏からガリマールへ推薦して頂くわけです。いいお返事になることを祈っています。

それともうひとつ瀬川様がお訳しになった短篇集の原稿、これは川島様に伺うと、一度おあずかりしたがとりあえず『輝ける闇』を出版してからということで、瀬川様のおてもとへお返ししましたと伺いましたが、沼田氏と相談しまして、こちらの方もサルトル、ボヴォワール氏へお送りしたいと存じます。で、もしご了解頂けるのでしたらさきにインターナショナルに寄せられたものを新潮社の沼田六平太（出版局）氏宛にご郵送願えませんでしょうか。

勿論万事がうまくいけばガリマールから瀬川様の英訳を仏語に起こして出版にしたい、との沼田氏の意向と思われます。（略）

要領を得ないながながしい文章でお目だるいことでございましたことと存じます。ひたすらご健勝と御多倖とご成功をと心から念じ上げつつ、これで失礼させて頂きます。五十五・一・九・未明　牧羊子拝　セシリア瀬川様》（一九八〇年一月九日）

この件に関して、開高が瀬川との往復書簡の中で触れているのはわずかに次の一度きり。

開高《お手紙ありがとう。いそいでいらっしゃるようなので、おたずねの件につき要用のみ書きます。私がペルーのリマにいるときにフランス文学の朝吹登水子さんの手紙が（パリ発）回送されてきて、それによると『歩く影たち』を読んで感動したこと、サルトル＝ボーヴォワール夫妻に話したらガリマールやレ・タン・モデルヌ誌に紹介してみようといわれたこと、ボ女史は英語が読めるからカイコー氏の作品何であれ英訳になったのがあれば至急パリへ送られたしとのこと。そこで新潮社の沼田氏が『夏の闇』、『流亡記』、あなたの短篇集のコピーなどまとめてパリの朝吹さんのところへ送ったはずです。しかしその直後あたりにサルトルが亡くなりましたから、この話はすべて一時か、永遠にか、ストップしたことと想像できます。朝吹さんからはその後連絡がありません。》（一九八〇年七月二九日）

南北アメリカ大陸縦断大釣行で開高がペルーの首都リマに着いたのは一九七九年一二月二四日のこと。ペルー生まれの日系三世ドン・ルーチョと共にキャラバン隊を組んで釣りに行き、一九八〇年一月二二日にリマを発つまでの顚末は『もっと広く!』の第5章「ゴッド・ファーザー」に詳しく書かれている。この間に、開高は朝吹女史の手紙を受け取っていたわけだ。開高の手紙に出てくる「レ・タン・モデルヌ誌」とは、一九四五年にサルトルがボーヴォワールらと共に創刊した雑誌であり、サルトルの著作は主として同誌で発表された。

開高の手紙にあるとおり、一九八〇年四月一五日にサルトルが亡くなってしまったため、この話は立ち消えになってしまった。フランスではじめて出版された開高作品は、確認できた範囲内では『日本三文オペラ』だと思われる。フランス語のタイトルは『L'Opéra des gueux』(直訳:「物乞いのオペラ」)で、一九八五年一月に出版されている。しかし、これについては開高の手紙の中でまったく触れられていない。

一九七四年は開高作品のフランス進出の足がかりになった年だと書いたが、それから一〇年近くはフランスにおいても、ヨーロッパにおいても、そしてアメリカにおいても、開高作品の翻訳出版話は思うように進まなかった。そのため、開高も瀬川も一九八〇年代前半の出版界の状況について次のように嘆くことになる。

瀬川《私の同僚で数年前からの友人にウイリアム(ビル)・タイラーという若い人がいますが、彼は石川淳で博士号をとったのかしら、何か石川淳の事ばかりやっています。この夏『普賢』の訳を完成したようです。あの難しいものをよくやったと思います。今からそれに序文を付け加えて出すのでしょう。とにかくアメリカの大学では(日本もそうでしょうが)Publish or

Perish「出版しなけりゃくたばる」という事になっています。》（一九八一年九月二八日）

開高《日本も毎年出版事情は悪くなるばかりでPublish or Perishは同感また同感であります。お手紙のこのコトバを各社の重役に伝えてやると、紀尾井町、矢来町、神保町、各社ことごとく呻唸して賛意を表しておりました。この病気はどうやら〝先進工業国〟すべてに共通のように思われます。いっそおちこむだけおちこみやがれ。とことんダメになりやがれ。そうしたら灰のなかから羽ばたく音がし始めるかもしれない。（カッサンドラ誕生ということになるかもしれませんが、それもよきではないか……）》（日付不明）

「カッサンドラ」とは、ギリシャ神話に出てくるトロイア（トロイ）の王女。アポロンに愛されて予言能力を与えられたが、求愛を拒んだため、その予言を誰も信じないようにされてしまった。

開高《いわゆる〝純文学〟はヨーロッパでもアメリカでも不振をきわめ、ドン底に近い状態にあるらしく、出版社の倒産、併合をしきりに聞かされます。それを聞くたび、明日はわが身と、思いつめ、ズーンっとつめたいものが背骨に沿って走りまする。売れてるのはノンフィクションと、ポピュラーサイエンスと、エンタテインメント。あとはナーダ、ナーダ（筆者註：スペイン語で「何もない」）とのこと。》（一九八二年一一月一五日）

瀬川《おっしゃったように純文学というものは売るのがなかなか難しいものなのですね。買ってくれる人に褒美くらいあげないと。くだらない週刊雑誌はやたらと買うけれど、文学なら評判になっていても「マア、あんなん図書館ヘイッタラナンボデモヨメルサカイ、カワンデモエエワ」ということになり、「マア、トショカン行くよりトルコ風呂ヘイッタホウガオモロイサカイ、ヤメトコ」という事になるのでしょう。》（一九八三年　日付不明）

2
海外で人気が高い『玉、砕ける』

一九八〇年代後半は、開高の『玉、砕ける』がガリマール社の『現代日本短篇集』（Anthologie de nouvelles japonaises contemporaines）に収録されるという寝耳に水の朗報からはじまる。子牛のなめし革を使った高級製本五五六頁に森鷗外、樋口一葉、永井荷風、芥川龍之介、川端康成、井上靖、遠藤周作、三島由紀夫らの作品と共に、開高の『玉、砕ける』が収録された。

開高《ガリマール社から『現代日本短篇集』が出版され、森鷗外から開高、大江までというメニュぶりで、小生のは『玉、砕ける』が入っています。これは私に何も事前の相談がなかったので、おどろきました。しかし、選択眼はなかなかシブくて、くろうと好みであります。何者の仕業か。これから調べにかかります。この『玉、砕ける』という垢の小説、なかなか人気があります。これまでに英訳（あなた）、ロシヤ語訳、中国語訳、そしてこのフランス語訳と進んできました。作者としては望外の倖せ。どこか垢抜けしたところがあるんでしょうね。そう

思うことにしております。》（一九八六年一一月一八日）

開高が書いているとおり、『玉、砕ける』は海外の出版社から人気があり、ニューヨークの出版社ホルト・ラインハート・アンド・ウィンストン社（現ラインハート・アンド・カンパニー）が一九八七年に出版した『TO READ FICTION』にも収録されている。これは大学生向けの文学の教科書としてドナルド・ホールが編纂した本で、フォークナー、ヘミングウェイ、ジョイス、カフカ、トルストイ、スタインベックなどなど、世界中の錚々たる有名作家の作品を網羅したような全六七二頁にもおよぶ労作だ。その中に日本人作家として唯一、開高健の『玉、砕ける』が収録されている。

開高《国際的にはまったく無名のオレの作品を大作家先生のなかへ平気で堂々と採用するラインハート社の態度には感銘した。人材ありとみる。立派だよ。何しろこの世界はヤキモチの黒焦げでもうもうと煙がたちこめておるのですからね。それを思いあわせると、いよいよリッパと申上げたくなる。ホント。（作品がよっぽどよかったんだなと言いたいけれど。これは、マ、作者としては、口にしてはならんことなので、それだけ呟いて、あとは沈黙……）》（一九八六年五月一日）

開高《○すでに私は好男社インターを通じてこの本を五冊、買いこみました。感激であります。日本はおろか、アジア、いやインド人もアラブ人も入っていなくて私一人が大作家たちと肩を並べる結果になりましたが、そうすると古い慣用語で申せば、〝ボスポラス以東〟ということになるではありませんか。全オリエント代表ということに?!……》（一九八七年五月一五日）

「好男社インター」は講談社インターナショナルのこと。こののち一九八七年、一九八八年、一九八九年の三年間は、翻訳に関していうならばロンドンのピーター・オウエン社との間で進めていた『夏の闇』の翻訳出版話、ニューヨークの出版社ドッド・ミード社との間で進めていた『青い月曜日』の翻訳出版が往復書簡での話題の中心になっている。ピーター・オウエン社は、ピーター・オウエンが一九五一年に創業した小さな独立系出版社だ。

開高《☆いつぞやあなたがロンドンのピーター・オーエ《ママ》ンに宛てて書いた手紙のコピーをまたコピーし、〝輝ける闇〟と〝夏の闇〟は表裏一体の作であるという意味の主張の下にグイグイと赤線を引いた上、二つを何とかひとつにして出版する気にはなれぬかと脅迫がましい手紙にして彼宛に一文を送っておきました。尚、ドッド・ミード社の短篇集も同時に送り、短篇ならまだいいのが手元に未訳のままでキープされてある。出す気ならフィラデルフィアに手紙を書け。彼女はビーヴァーのようによく働くよ、賢い女である上にいい女であるヨ、とそそのかしておきました。連絡があればよろしく。（〝夏の闇〟は同社から春おそくに出すとのことであります）。》（一九八八年二月　日付不明）

瀬川《開高様　先日ピーター・オーウェン様から同封のごとき手紙が参りましたので、私の一存で承知しましたが、よろしうございましょうか。（略）英国版用の原稿料たいへん少ないようですが、再版だからしかたないでしょう。よろしいですね。とにかく『夏の闇』も『輝ける闇』も、いくいく《ママ》は『五千人の失踪者』も出してくれるそうでうれしいです。そのついで『青い月曜日』も出してくれるかも。（略）

オーウェン社は多分小さいのでしょうね。社長さんが一人でやっきになってやってる感じです。開高さんを認めたからえらい。遠藤周作氏に推薦の言葉（短くてもいい）を書いてもらうといっていますが、他の方もう一人ほしいらしいのですが、開高さんの一番好きな方はどなたですか。私は今まで書いてくれた人のをそのまま使ってもいいのかどうか知らないので、それを質問の形にしたままにしましたが、そんなことまで私たちが世話をやかなければならないのは、よくよく小さい会社なのでしょうか。》（一九八八年五月一八日）

瀬川がこの手紙を書いたとき、開高は不得手なフライフィッシングでアトランティック・サーモンに挑む『スコットランド紀行』の取材でロンドンに滞在していた。その後六月から八月にかけて中国タクラマカン砂漠近くの天山山脈で体長一二メートルと推測される謎の巨大魚を追い求めて（『オーパ、オーパ!!　国境の南』）から帰国する。

開高《〇日本へ帰ってあなたからの手紙を読む。ロンドンにいたとき、ピーター・オウエン社のピーター・オウエン氏を訪ね、ランチを食べながら話しあう。あのオジサンは初老の紳士ですが、半地下室付きの小さな家一軒にたてこもり、一人で自分の納得のできる純文学だけをコツコツと出版しつづけているらしき生態が観察できました。ちょっと変人の向きがあるけれど、気にはならない。ちょうど〝夏の闇〟が出来たばかり。本それ自体は悪くない出来だけれどカヴァーに裸のゲイシャの画がある。うんざりするやら、カッとなるやら。抗議したけれどもう遅い。オジサンに、あなたは作品の内容を知っているんだから画家に抗議すべきじゃないかと食ってかかったけれど、何といっても、もう遅い。(来年、早々に〝輝ける闇〟を出版するとオジサンは小声でいう。これはヴェトナム戦争の小説だがゲイシャは戦場にはいかないよ。ゲイシャのジャングルはオヘソの下にあるんであって東南アジアではないぞと、品のわるい皮肉をカマして一本刺したつもりで引揚げる。)

○好男社インターのS・ショウから手紙。コリン社が来年からフォンタナ・ブック・シリーズで現代日本文学をつづけて出したい。とくに『輝ける闇』を出したいといってきたからピーター・オウエンはことわるようにという。しかしオウエンはもう『輝ける闇』も『夏の闇』もヤッちゃってんだからいささかプロポーズが遅すぎましたなァと返事を書く。しかし、オウエン社のは二冊ともハードカヴァーだ、フォンタナ・シリーズがペイパー・バックならやってやれないこともないのではないか。一冊の本がハードとペイパーで出版社が異なる例はよくあるのだからその可能性を考えてごらんなさいよ、と返事を書く。オウエン社がハードカヴァー。コリンズ社でそれがペイパーバックというわけです。二匹のウサギになりますが、どんなもんでしょう。》(一九八八年八月二二日)

コリン社とあるのは、正しくは一八一九年にイギリスのグラスゴーで設立された印刷・出版会社William Collins, Sons & Co, Ltd.（現・HarperCollins Publishers LLC）のこと。コリンズ社と略されることが多い。フォンタナ・ブック（FONTANA BOOKS）は同社が毎月刊行していた著名な現代作家によるフィクション、ノンフィクションの優秀図書を網羅したシリーズだ。

3

ニューヨークの編集者にダメ出しされた『青い月曜日』

自伝的小説である『青い月曜日』を開高は失敗作だと考えていた。そのため翻訳出版にもさほど乗り気ではなかったが、瀬川はこの作品がお気に入りで、瀬川自身の判断で早くから出版社に売り込んでいた。『夏の闇』の英訳本『Darkness in Summer』を出版したクノッフ社に対して、瀬川がお気に入りの『青い月曜日』の翻訳出版を持ちかけたのは一九七四年のことだ。ストラウスの後任編集長・エリオットは「積極的に目下検討中」といって結論を先送りするだけ先送りしたあげく、結局は『青い月曜日』の翻訳出版を見送った。

その後しばらくの間『青い月曜日』の翻訳出版の話はなかったが、八〇年代後半になって瀬川はこれをドッド・ミード社に売り込む。開高の短篇集『Five Thousand Runaways』（五千人の失踪者）の出版を決めてくれた会社だ。

ドッド・ミード社の担当編集者はクリス・フォルチュナト。開高と瀬川の手紙の中では「クリス氏」、「フォーチュナト氏」、「Fortunato氏」、「フォル先生」、ときに「クリス幸運氏」などさまざまな呼び名で登場する。そのクリス幸運氏から『青い月曜日』はダメ出しをされてしまう。小説らしくない、ストーリー性が弱いというのがその理由だ。

瀬川《開高大先生　ご無沙汰申し上げております。（略）『青い月曜日』を訳し105頁ほどフォーチュナト氏におくってみました。（略）送ってから反応をまっていますと、この間同封のようなお返事が来ました。本当にがっかりしましたが、開高大先生がご自分でも不満足だとおっしゃっていたものを私が勝手に推したのですから、仕方がありません。すぐに電話をかけてフォーチュナトさんと話してみましたが、やはりもっと小説らしいものをということでした。

（略）

クリスさんがさかんにもっと小説はないのかというのですけれど（勿論長編小説でないとだめだそうです）どうしましょうか。私はまた全集を出してみて『ロビンソンの末裔』や『片隅の迷路』など考えてみたのですが、やはり『日本三文オペラ』が一番いい候補だと思ってとにかくやって見ることにしたのです。私はいまはやりの食べ物についてずいぶんいいエッセイがあるからと、つよく推選してみたのですが、長編小説にきめこんでいます。『青い月曜日』の手法、『夏の闇』の手法がだめなら『耳の話』の手法や内容も小説的ではないというでしょう。》（一九八七年八月　日付不明）

「もっと小説らしいものを」という幸運氏の言い分は、開高の神経を逆なでした。一ヵ月後の返信に開高の憤りがよくあらわれている。

開高《あなたの手紙とフォルチュナト先生の手紙読みました。フォルチュナト先生はストーリー、ストーリー、ストーリーと呟いているように読み取れます。しかし、文学というものはストーリーがあってもいいし、なくてもいいのです。ストーリーのある作品を私が書くこともあるけれどもないのを書くこともしばしばです。ストーリーがなければブックにならないというのではジエイムズ・ジョイスはどうなるのです。ヘンリー・ミラーはどうなるのです。20世紀のヨーロッパ文学はストーリーの解体運動が主流だったけれど、それも全否定しちゃうの？……というようなことをあなたにいまさら説くことはありますまい。モンダイはフォル先生と、先生の気に入る作品が私にあるかないか。そういうことでしょう。一切の判断と処理はあなたに一任します。もし長い物でフォル先生の気に入らないのなら、もう一冊短篇集を作ってみてはどうでしょうか。もう一冊作れるくらいの質と量はのこっているのではございませぬか。

——ごぞんじ——》（一九八七年九月二八日）

ジエイムズ・ジョイスは、二〇世紀前半のモダニズム文学におけるもっとも重要な作品のひとつにあげられる長篇小説『ユリシーズ』で知られるアイルランドの作家。ヘンリー・ミラーは奔放な性表現により発禁処分にもなった自伝的小説『北回帰線』や、同じく自伝的小説である『南回帰線』などの作品で知られ、「二〇世紀最大の危険な巨人」などとも称されたアメリカの作家だ。

瀬川《この間の手紙は本当に書きにくくて私も辛い思いをしました。まったくおっしゃるように文学は一体どうなるのだろ言いたいですね。それから待っていたら昨日Fortunato氏から電話がありました。『三文オペラ』は『月曜日』よりもずっといいけれど、まだ出版とまでは考えられない。けれども開高さんの物をこのまま出さないのは残念だからしばらく考えさせて欲しいということでした。私も翻訳が下手なために本が出ないのではないかと思って訊いたのですが、そうではないもうすこしプロットがほしいのだと言いました。

短篇小説もうひとついかがでしょうかと言ってみたのですが、すこし待っても一度言ってみましょう。もう少し待ってFortunato氏をからめ手からせめてみましょう。》（一九八七年一〇月一〇日）

瀬川《Fortunato氏は短篇は今はダメだと言いましたので、私としてはほかの出版社に『三文オペラ』か『青い月曜日』を頼む方が望みがあると思います。》（一九八八年一月二六日）

瀬川《春になりましたが、その後どこからもいい話はなく、ドッド・ミードも短篇はだめだと言ってるし、どこからかも依頼の話はきていません。》（一九八八年三月二六日）

海外での翻訳出版話が思うように進まないのは、国際的な知名度が低いからだ、開高自身がそう考えたとしても不思議はない。瀬川宛の手紙に「国際的にはまったく無名のオレ」などと書いているることからも、それが窺える。その開高の目に、朝日新聞に載った小さなコラムが飛び込んできたのは一九八五年一月のこと。

4 ヘミングウェイ賞を目指した開高健

開高《今年の1月11日付の朝日新聞の外電コラムによると、パリのホテルリッツ内にヘミングウェイ文学賞委員会が設けられたと。国籍を問わず、英語訳された作品ならエエという。賞金は5万ドル。3月までに〆切ると。そこで『夏の闇』と『輝ける闇』の英訳のペイパーバック版、それに釣師としての証明書として『もっと遠く!』『もっと広く!』の文庫版を送りました。それに手紙をつけ、自己紹介した上で不審の折は左記の人物に電話でお問合せあられたしとしてあなたの名と電話番号を書いておきました。

それはそれでいいのですが、あとでもう少しくわしく調べてみると、1984年度内に発表されたノヴェルであることという条件がついてるとわかってガックリです。もしあなたに何かの問い合わせがあったら大統領候補推薦演説並みにレトリックを駆使して一席弁じたてておい

て下さい。》（一九八五年二月六日）

パリのホテル・リッツ内に設けられたヘミングウェイ文学賞の正式名称は「国際文学賞リッツ・パリ・ヘミングウェイ賞」という。なぜ、そのような文学賞にフランスを代表する高級ホテルの名前が冠されているのかといえば、ヘミングウェイが定宿としていたリッツ・パリをこよなく愛していたからであり、リッツ・パリもまたホテル内のバーのひとつを「バー・ヘミングウェイ」と名付けてヘミングウェイに捧げたほどヘミングウェイを愛していたからだ。

開高《短篇集、全訳完成しましたらコピーを送ってください。（略）〝怪物と……〟（筆者註：『怪物と爪楊枝』）と〝戦場の……〟（筆者註：『戦場の博物誌』）が入っていたら私としてはきわめて満足であります。来年のヘミングウェイ賞用に本仕立てにしてパリへ送ってやろうかと思っています。こういうことはヨーロッパやアメリカなら文学エージェントがとびまわってやってくれるのでしょうが、わが国は不運です。今年のヘ――賞はバルガスリョサにいきました。新聞の切抜きを同封しておきます。去年中に発表された作品というのが条件でしたからザンネンでした。来年は一丁あなたの短篇集でヤってみましょう。
ごぞんじ》（一九八五年四月二二日）

「バルガスリョサ」とは、ペルーの小説家で二〇一〇年にノーベル文学賞を受賞しているホルヘ・マリオ・ペドロ・バルガス・リョサ（一九三六年〜）のこと。バルガス・リョサは『世界終末戦争』で第一回国際文学賞リッツ・パリ・ヘミングウェイ賞（一九八五年）を受賞した。

世界的な知名度アップとは別に、開高がヘミングウェイ賞に飛びついたのにはもうひとつの理由が考えられる。ときに「日本のヘミングウェイ」などといわれることがあるくらい、開高とヘミングウェイには共通点が多く、開高にとってヘミングウェイは特別な作家だったということだ。

アーネスト・ヘミングウェイ（一八九九〜一九六一年）は第一次世界大戦やスペイン内乱などの戦場に赴いた経験を生かして『武器よさらば』や『誰がために鐘は鳴る』などの作品を書いた。ベトナム戦争に従軍して『輝ける闇』や『夏の闇』を書いた開高とだぶる。

共に行動する作家であり、表面上はタフガイだったが、その内面に壊れやすいガラスのような感性を持っていた点も似ていると評されたりもする。釣りを愛し、酒を愛し、海の近くに移り住んだことなども似ている。あまりにも早くこの世を去った点も似ている。開高五八歳。ヘミングウェイ六一歳。開高は病死、ヘミングウェイは自殺ではあったが。

亡くなる一年ほど前、開高は「月刊プレイボーイ」に「E・ヘミングウェイの遺作『エデンの園』を語る」という文章を寄稿している（一九八九年二月一日号）。その中でヘミングウェイとの出会いを次のように書いている。

アメリカの進駐軍の兵隊がペーパーバックを持ってきて、読みおわるとどんどん捨てていく。（略）そういうペーパーバックの一冊で、ヘミングウェイを初めて読んだ。短篇集『男だけの世界』だったか、たんなる『ヘミングウェイ短篇集』だったか定かではない、が、その中に『異国にて』とか『殺し屋』とか『不敗の男』とかが含まれていた。それを読んで、実に新鮮だった。目を洗われる思いがあったものだ。（略）その後も彼の短篇を探して『われらの時代に』や『勝者はなにもやるな』などと読み、つくづく感心した。それまでいっぱしにヨーロッパ文学――フランス、ドイツ、イギリス、ロシアの文学というようなものでヤワなおつむを養われてきた感覚でいきなりヘミングウェイの短篇にふれると、本当にフレッシュな読後感がえられたのだが、壊れやすい、傷つきやすい、感じやすい魂を極端に節約した文章で書き、そして会話が見事に生きていて、いまも頭にしみついて離れない。

多くの作家に影響を及ぼすヘミングウェイのハードボイルドな文体についても開高は触れている。

小説を書く上で彼はaudible, visible, tangibleという要素を自分の文体に求めたそうである。オーディブル、聞こえる。ヴィジブル、見える。タンジブル、触知できる。なるほど、いわれてみれば、ヘミングウェイの文体はじつに即物的だ。聞こえ、見え、触れるのである。それこそがハードボイルドの文体なのだといえる。

これを日本語でいえば、〝手ごたえがある〟という言葉になるのだろう。（略）小説の中に固有のものが見事に定着して描かれていて、われわれが読んでそれと衝突する、意識がちょっと立ちどまる。これが、手ごたえというんだろうと思う。ぶつかるわけだ。（略）――その抵抗感なんだ。それが読者にとって楽しいんだ。抵抗感が。

そういうわけで、わたしは一方でサルトルやらに夢中だったけれども、ヘミングウェイの短篇でいわばアメリカ文学の洗礼をうけたわけ。いまでも、三年か五年おきぐらいに彼の短篇を読みかえしている。再読、三読にたえる作家なんて、世界にはそういうるもんじゃないんだ。

ちなみに瀬川との手紙のやりとりがはじまった当初、開高はエアメール用の無地の便箋を使っていた。その後は自分の名前と住所が印刷された四〇〇字詰めの原稿用紙を使うことがほとんどだったが、ヘミングウェイ文学賞委員会が設けられたことについて書いた一九八五年二月六日付の手紙は、——MEMENTO MORI——という言葉と、男女の性交シーンのイラスト十数パターンが薄いインクで印刷された奇抜なメモ用紙に書かれていた。

「MEMENTO MORI」（メメント・モリ）とは、「自分が（いつか）必ず死ぬことを忘れるな」「死を想え」という意味のラテン語で、現代では主に「死を意識することで今を大切に生きることができる」という解釈で用いられることが多い。

瀬川《開高様、先日はお便りありがとうございました。メメン《マ》・モー《マ》リのたいへんな便箋でガクゼンといたしましたけれど、そういう、わざわざお作らせになった私家版とおぼしきスペシャルノートペーパーでお手紙をいただけたのは甚だ光栄のいたり——と思わなければならないと思い、そのお志を無駄にせざるべく、そのうち虫メガネでとくと拝見、研究しようと思っております。今のところ時間がなくて、まだ探究の運びに至っておりません。私のような性知識遅滞人間には大いに研究する必要のあるノートペーパーです。》（一九八五年　日付不明）

開高《あなたの手紙は頂きました。メメント・モリのメモ用紙はニューヨークの文房具屋が売りつけたものに私が〝メメント・モリ〟とつけて、ルバイヤット風の皮肉を味付けしたつもりなんですが、露骨すぎるでしょうか。画のタッチに清潔なユーモアがあるので気に入っている

のですけれど。》（一九八五年六月　日付不明）

「ルバイヤット風」とは、一一世紀ペルシャの詩人オマル・ハイヤームの『ルバイヤット』（四行詩集。『ルバーイヤート』『ルバイヤート』とも）のことだと思われる。人生の無常、宿命などを詠んだ詩集で、一九世紀のイギリスの詩人エドワード・フィッツジェラルドの英訳によって世界的に広まった。

5

ノーベル図書館に収蔵された開高作品

ヘミングウェイ賞への応募がその後どうなったのかは、以後の手紙に何も書かれていないのでわからないが、残念ながら開高がヘミングウェイ賞を受賞したという朗報が届くことはなかった。この一件から三年後、ヘミングウェイ賞がかすんでしまうような文学賞についてのやりとりが二人の間で交わされている。ノーベル文学賞だ。一九八八年二月に開高が書いた手紙は、いつになくもったいぶった書き出しからはじまっている。

開高《野原を歩いていたらいきなり雷が鳴りだした。まだ落下はしていないし、たぶん落ちはしまいが、とにかくゴロゴロ身近で鳴りだしたというような種類のハナシ。

京都大学の矢野暢《トオル》という経済学と政治学の教授。年齢は小生より三つか四つ下。著作何冊かあり。テレビにもときどき登場なさる。西洋古典音楽のファンだけれど熱中するあまり趣味で八面玲瓏《はちめんれいろう》ぶり。

この人、実はひそかにノーベル賞の経済学と平和問題の分野での日本における推選者であってその方面で活躍もしてらっしゃるとのことで、毎年ストックホルムへ出かけ、受賞会の会場にタキシード姿で出席し、同賞の委員長とも私的にたいそう親しいとのこと。文学はこの人の専門ではないのですが、昨年ストックホルムへ行ったとき同賞の資料室をたまたま覗き、日本文学のそのセクションの棚が貧寒をきわめていることを発見してショックをうける。帰国後、人を介して小生に接触。英訳その他外国語になった作品はなきや、と御下問ある。

小生死蔵中のものを教授宛てにただちに発送する。英訳、ロシア語訳、ポーランド語訳、フランス語、ドイツ語、フィンランド語それぞれ。同氏はこれをストックに送り、文学畑専門の同賞の審査員に推選し、運動をやってみるとのこと。（矢野氏はこの多年ひそかなる小生の作品の愛読者であった。とのこと）。マ、98％見込みはないけれど、少なくともサカナの前へ餌を持っていくことだけはできたのだから2％ぐらいのユメはあっていいという程度のハナシか。

しかし、小生、昨今しきりに倦怠病におそわれ、しばしば〝やってないのは自殺だけだナ〟と呟くていたらくでありますから、刺激してくれるものなら何でも歓迎したいという心境です。アテにしないで、しかしおぼえておくだけはおぼえておきたいといったところであります。》

（一九八八年二月　日付不明）

このとき開高が矢野暢宛に送った本は次のとおり。

『パニック・流亡記』(英訳／東大出版会)、『輝ける闇』(英訳／講談社インターナショナル)、『夏の闇』(英訳／クノッフ社)、『玉、砕ける』(英訳／ホルト・ラインハート社)、『短篇集・五千人の失踪者』(英訳／ドッド・ミード社)、『日本三文オペラ』(仏訳／POF社、ポーランド語訳／PIW社)、『青い月曜日』(ロシア語訳／プログレス社)、『夏の闇』(フィンランド語訳／タンミ社)、『決闘』(ドイツ語訳／フィッシャー社)。

矢野暢(一九三六〜一九九九年)は、京都大学東南アジア研究センター教授などをつとめた法学博士で、専攻は政治学、国際関係論、東南アジア地域研究学。一九八六年には『冷戦と東南アジア』で吉野作造賞を受賞している。同年、アジア地域の社会科学者としてはじめてスウェーデン王立科学アカデミー会員になり、以後ノーベル財団と日本のパイプ役をつとめた人物だ。

一九八八年一一月に出版した著書『ノーベル賞』(中公新書)の中で、矢野はノーベル文学賞の選考方法について詳しく触れている。毎年秋に六〇〇〜八〇〇通の推薦依頼状を発送し、一月末の推薦期間中に四〇〇通前後の推薦状が送り返されて候補者リストが作られること。リストに載っている候補者の作品(原本、翻訳本)、書評その他の参考資料を収集し、六名からなる文学賞ノーベル委員会が選考に当たること等々。

候補者の作品その他の資料収集に際してフル活用されるのが文学関係では欧米でも有数の図書館として知られるスウェーデン・アカデミーの図書室(通称・ノーベル図書館)。しかし、矢野がアカデミー会員だった頃、ノーベル図書館には日本語の作品はごくわずかしか収蔵されていなかった。その中で一番多かったのが井上靖の作品で、二〇冊以上の作品が収録されていた。日本語の全集まで揃っていた。二番目に多かったのが『砂の女』のスウェーデン語訳を含む安部公房の一八冊、そして遠藤周作の一〇冊で、この三人の作品が圧倒的に多かったという。この他では大岡昇平、野間宏、井伏鱒二、円地文子、大江健三郎の作品が収められていた。それに加えて「吉行淳之介氏、村上龍氏などの作品もこの一、二年のうちに一点ずつはいった。そして、近々、開高健氏の作品が数点、この棚に収められる予定である。」と書いている。開高が矢野に送った本のすべてかどうかはわからないが、少なくともそのうちの何冊かが一九八八年頃にノーベル図書館に収蔵されたということだ。

こんなことがあったからだろう、開高は親しくしていた関係者に「ノーベル賞を受賞した暁にはこれを着て授賞式に出席するんやで」といって自身のタキシードをプレゼントしたり、「オレがノーベル賞を取ったらブリキの像でも建ててくれ」などと冗談交じりに知人にいったりしていたという。開高がノーベル賞を意識するようになるのは矢野から届いた手紙がきっかけだが、瀬川はかなり早い時期からノーベル賞を意識していた。開高をノーベル賞に推すためにスウェーデン・アカデミーに瀬川が手紙を書いたというエピソードは、ドナルド・キーンのエッセイでも紹介されている。

開高はノーベル文学賞を受賞することはできなかったが、矢野の尽力などもあって、その後、開高の名前が候補者リストに入るようなことがあったかもしれない――などと想像するのはなかなか愉快だ。

第9章

手紙から浮かび上がる人間・開高健

「去年の暮れに突如として背中右半身、激痛に襲われ、息もつけなくなり、寝たままで正月。91才の名人にハリをうってもらって、やっとたてるようになりました。これからいろいろとでてきよるデとのこと。暗涙を呑む。　ごぞんじ」

（一九八九年一月）

開高健と瀬川淑子の手紙のやりとりは一九七二年九月一七日から開高が亡くなるちょうど三ヵ月前の一九八九年九月一九日まで、じつに一七年の長きにわたって繰り返され、太平洋を挟んで多くの手紙がやりとりされた。

作家と翻訳者の間で交わされた手紙の中身は作品に関すること、翻訳に関すること、出版に関すること、編集者に関することが圧倒的に多いのは当然だが、それ以外のことについてのやりとりも少なくなかった。それらを、開高健を語る上で欠かせない釣りの話、頻繁に話題にのぼった瀬川の夫に関する話、そして開高の体調や健康に関する話に分類してまとめてみた。それぞれの手紙からは、作家・開高健ではなく、人間・開高健の姿が浮かび上がってくる。

1 釣り師・開高健

●『完本私の釣魚大全』

『私の釣魚大全』は一九六八年一月からほぼ一年間にわたってＪＴＢの月刊誌「旅」に連載された開高健初の釣行記だ。それに『ツキの構造』(新稿)、『高原の鬼哭』(「旅」一九七四年九月号)、『探求する』(「潮」一九七四年一〇月号)などの作品を加えて編集されたのが『完本私の釣魚大全』(文藝春秋社/一九七六年)である。以下に紹介する手紙は青森県のグダリ沼、山形県の酒田市を釣り竿担いで転戦した『ツキの構造』について書かれたもの。

開高《返事がたいへん遅れました。あれから私は山をおりて一度トーキョーにもどり、イワナを釣りにはるばる八甲田山深くわけ入りましたが一匹も釣れず、ついで下北半島の太平洋側へ転戦してスズキを狙ったけれどこれまた釣れず。ついで青森へでて奥羽本線にのり、酒田市へいき、最上川の河口でスズキを狙ったけれどまたまたダメ。

それぞれ釣り荒らされて場荒れしてるとか、冷水塊が沖にすわったままなので例年より季節がおくれてるとか、狂ってるとか、七・八月より九・十月のほうがいいんだとか。いろいろのことをいってその土地その土地でなぐさめられましたけれど、いずれにしてもエイハブ船長(筆者註：ハーマン・メルヴィルの長篇小説『白鯨』の主人公)はむなしく空間衝動を抱いたまま、なつかしの文学カンゴクへかえってきたという次第。》(一九七四年　日付不明)

●『フィッシュ・オン』

「フィッシュ・オン」(Fish on!) は魚が鉤にかかった瞬間に欧米の釣師が発する歓喜の一声。最初の舞台になったのはアラスカ。『キング・サーモン村のキング・サーモン・インに泊まってキング・サーモンを釣ること』だった。これがきっかけで開高はアラスカのキング・サーモンに取り憑かれ、その後何度となくアラスカへ出かけることになる。『フィッシュ・オン』に触発されてアラスカまでキング・サーモンを釣りに出かけるのが、釣り好きの間でちょっとしたブームになったりもした。

開高《アラスカの州知事が来年の夏、釣りにこないかといって招待してくれました。おうけしようと思います。アラスカのキングサーモン釣りのことを私が週刊朝日に連載したあと毎年たくさんの釣師がアラスカへドルを落としに出かけるようになり、同州に取っていわば私は〝好もしき外人〟というわけなのでしょう。いくとなればカメラマンをつれて2ヵ月ぐらい。野宿して、スリーピングバッグで寝て、手つかずの処女林、処女湖、処女川でしばらくヘンリーソーロー（筆者註：アメリカの作家ヘンリー・ソロー）のまねをやってみたいと思っています。それまでは働く。働く。働く。》（一九七三年八月　日付不明）

●『オーパ！』

一九七七年八月から一〇月まで全日程六五日、全行程一万六〇〇〇キロのアマゾン大釣行をまとめた釣行記。

開高《アマゾンは8月。とうとう46才のオッサンになってしまって大事な胆もなくなっちゃったけれど、こんなことで負けてられるカイ。おれは生をむさぼるつもりであります。身を捨ててこそ浮かぶ瀬もあれ、谷のドングリ。　ごぞんじ》（一九七七年六月三〇日）

開高《P．S．8月8日のパンナムでブラジルへ行きます。ピラニアにやられなかったら10月初にまたこの地獄へ帰ってきます。》（一九七七年八月七日）

開高《8月7日〜10月13日までブラジルにいました。アマゾンとラ・プラタ上流と日本の一倍半あるといわれるボリビア国境のパンタナル（大湿原）をうろうろしていたのです。（略）お元気？　今日は要件だけ。　　C・S・シーグルさま　　ごぞんじ》（一九七七年一〇月一八日）

開高《オレの手紙が短くなるばかりだといってボヤいていらっしゃるけれど前回は風邪で寝こんでるときに書いたもの。アマゾンを便所舟に乗って上がったり下がったりしてたときはパンツ一枚ですごし、土人なみにまっくろに焼け、ロイヤル・パーム（大王ヤシ）のように頑健不屈だったのが羽田空港のヴィールスでひとたまりもなくやられ、花のように衰えていた。そういうときの手紙だったのさ。》（一九七七年一一月二日）

開高《このところずっと雑用に追われて塵労《じんろう》にまみれていました。（いつもそうですケド……）『オーパ！』という本が出て、これはそちらにもうとどいていると思いますが、今年は日本の出版界はひどい落ちこみようで、単行本、週刊誌、月刊誌、マジメ・マガジン、フマジメ・マガジン、ことごとく頭打ち、下降、地盤沈下。達者なのはマンガ・マガジンだけという。そんなところへ2800エンもする『オーパ！』なので、こりゃもういけねエとあきらめて目をつぶっていたところ、これが奇妙に売れ、三週間たつかたたないかに三版になってしまい、うろたえています。スゴイ量の汗をかき、数百匹のダニに血を吸われして書いた本ですから、その血だけ回収できたらそれでいいと思っていたところがこの分だと、どうやら今年は女房子供にモチを買ってやれそう。》（一九七八年一一月一一日）

●『もっと遠く!』『もっと広く!』

『もっと遠く!』、『もっと広く!』は、開高健による南北アメリカ大陸縦断大釣行記である。四八歳の小説家が日本を出発したのは一九七九年七月二〇日。北米大陸の北端アラスカを振り出しにして南米大陸の南端フエゴ島に上陸したのが一九八〇年三月二三日。約二四〇日にもおよぶ長征だ。

開高《ヤルとすれば来年の6月から。アラスカの最北端をフリダシにして。ハイウェイ沿いの川や道路のついた湖などではあまり釣れないし、偉大なカテドラルとしての森は味わえないからブッシュパイロットをやとってセスナで奥地へ飛ぶ。それをところどころでやりつつ、カナダを経由、北米、中米、南米と下って行くというプラン。気力体力を張った大旅行はオレとしてはこれが最後のものになるのじゃないかと思っています。

フィラデルフィアにはゼヒ寄ります。日に焼け、少しはやせて、ちょっと背が高く見えくたくたにくたびれた47才のヒッピーをお目にかけます。やさしくしてちょうだい。》(一九七七年一一月二日)

開高《この手紙がそちらに着くころには、私、アラスカの荒野の河でサケを釣りつつ、キャンプ生活をしているはずです。それからカナダ(ブリテイッシュ コロンビア州内各地)、ネバダ砂漠、ロッキー山脈と転戦して、八月末か九月初、ニューヨークに入ります。たぶん、そこからあなたに電話を入れます。散歩のつもりでニューヨークに出てきませんか。河岸の灯の見える所で小さな、アンティークなレストランで、魚料理などたべようじゃないスか。(今度の旅行のスポンサーは朝日新聞。つまり、親方日の丸というワケ。お金だけはたっぷり用意してあります)。

ニューヨークのあと、フロリダ、メキシコ、南米へわたってヴェネズエラ、コロンビア、エクアドル、ペルー、チリー、ボリビア、パラグアイ、アルゼンチン、パタゴニア、フエゴ島。それから南極大陸の突端部のどこかで海中に温泉のふきだしているところがあるというので、ここで入浴。それでチョン。双六のアガリというわけ。ポンコツ気味の48歳のおっさんが老馬ロシナンテ(筆者註:セルバンテスの小説『ドン・キホーテ』に登場する主人公の愛馬の名前)に鞭うちつつの征旅、幾山河であります。》(一九七九年七月一七日)

しかし、「南極大陸の突端部のどこかで噴き出している海中温泉」に入ることは叶わず、旅はフエゴ島でアガリとなる。

開高《『もっと遠く!』の二部作は11月末の現在で総計9万4千部売れました。年内にはもう一版増刷して10万になるでしょう。それからさきのことは読めません。こうなってくると税金がものすごくて、7割から8割もっていかれてしまいます。物質的には骨折損としかいいようのない営為であります。著者としてのよろこびは何か他のことに見出すしかありません。わるい時代に生まれてきたと、あきらめることです。捨棄《しゃき》もまたひとつのドラマなんであります。

芸術は抑圧において芽生え、拘束において開花するという意味のことを昔、ジードが喝破しましたが、この理論をわがニッポン国の税務署は体得しておられるのであります。》（一九八一年一一月二七日）

●『オーパ、オーパ‼』他

『オーパ！』の続編として「月刊プレイボーイ」に掲載された『オーパ、オーパ‼』は全部で六篇ある。『海よ、巨大な怪物よ』（アラスカ篇）、『扁舟にて』（カリフォルニア・カナダ篇）、『王様《キング》と私』（アラスカ至上篇）、『雨にぬれても』（コスタリカ篇）、『宝石の歌』（スリランカ篇）、『中央アジアの草原にて』（モンゴル篇）。単行本化にあたっては「週刊朝日」に掲載された『国境の南』（モンゴル・中国篇）を加えた七篇を計五冊の大型本にまとめて出版された（文庫版は三冊）。

アラスカのキング・サーモン、ベーリング海のオヒョウ、コスタリカのターポン、モンゴルのイトウなどなど、世界の海や川、湖で一メートルを軽く超える巨大魚と格闘した釣行記の数々だ。

・『扁舟にて』

開高《8月にオンタリオ湖の北部、数百万平方キロただもう森と湖ばかりという地方の森の小屋で一週間を暮らしました。ここの湖と川ではWalleye,ウオーライという30センチほどの魚が釣れます。スズキの一族。カナダ人の釣師は〝bread'n butter fish〟と呼びます。さしずめ日本人なら〝ままかり〟（ごぞんじなければお問合せの手紙をチョウ）とでも呼ぶところ。ジャンプもせず、突進もしないのですが、食べたら素晴しい味がするのです。これは北の冷水の魚ですからフィラの近郊にもいるかもしれません。ただし、蚊と、ブヨと、モスキート・ジュースにまみれる覚悟でないといけませんテ。釣師だけに味わえるよろこびであります。白身、淡麗。醤油で煮つけると、ふと、アイナメを思いだしたりするような……》（一九八三年一〇月六日）

ウォーライ（wall-eye）、すなわち「壁の目玉」というおかしな名前を持つ魚だが、北半球の淡水魚の中で最高の美味とされる。旅に同行していた辻調理師専門学校の三人の料理人の創意工夫で、開高はウォーライをさまざまな調理法で食べることができた。天ぷら、塩焼き、刺身、洗い、煮付け、フロレンス風蒸し煮、プロヴァンス風ムニエル、ブイヤベース、唐辛子炒め、甘酢あんかけ等々。「モスキート・ジュース」は虫除けスプレーのこと。

・『王様と私』

開高《7月にアラスカのキーナイ河へキングサーモン釣りに、9月に某リッチ氏（脱税しての……）の招待でおなじくアラスカの奥地へカリブー・ハンテイングに出かけ、ウツツをぬかしてたもんですから返事がすっかり遅れてしまいました。（おまけに紺屋の白袴というヤツで小説家は手紙を書くのが苦手と来てます）。》（一九八四年　日付不明）

・『中央アジアの草原にて』

開高はモンゴルのイトウ（タイメン）釣りには二度出かけている。一回目は九三センチが一匹だけの貧果に終わったので、そのリベンジのため二回目のモンゴル遠征を決行し、みごと一二〇センチのイトウを釣り上げた。

開高《5月25日にオレは撮影隊を連れて外蒙古へイトウ釣りに出かけます。こないだのが90㎝しかなかったので、大ジンギス汗、大草原にたいして恥ずかしいから、今度は、最低130センチのを釣るべく雪辱戦として出かけるのです。マッカーサー大将軍とおなじ科白、〝余は帰《かえ》り来るぞ〟と呟いて去年引揚げたものですからね。公約は実行しないといけませんよ。》（一九八六年五月一日）

2

瀬川淑子、夫との死別、再婚、再び死別

瀬川は渡米後に二度結婚（Mr. Seigle、Mr. Tannenbaum）し、二度の死別を経験している。そのことを瀬川はありのままに手紙に書き、開高はその気持ちに寄り添うような手紙を書き送っている。きわめてプライベートな内容に関するやりとりの中に、開高のやさしさを読み取ることができる。

●ガンとオマケの人生とお茶と羊羹

瀬川《主人はどうも身体の調子がしばらく尋常でないので、クリスマス前に親友で主治医のところへ行き、12月26日の午後はバリウムのテストが予定されていました。夜その友人から電話があり、テストの結果、1月1日に入院、3日に切開手術ときまったから用意するように、ということでした。主人はその時私にガンだと申しました。（略）

私にとっては希望をもったり絶望したりの毎日です。主人のこと色々言いましたけれど、これ以上愛せないと思うくらい愛してるので、肝臓ガンで亡くなるとわかってしまうと私も生きる望みがなくなりました。（略）陰気なことばかり書いてごめんなさいね。次はなるべく明い手紙を書きますからね。開高氏、うちの主人はちっともお酒をのまないのに肝臓ガンになったのにあなたはしょっちゅう飲んでてピンピンしてるのはどういうわけですか？　ひょっとするとあなたも侵されてるかも知れないから検査してもらってください。くれぐれも御自愛を。

淑子》（一九七四年一月三〇日）

『夏の闇』を英訳した『Darkness in Summer』が出版されたのが一九七四年一月のことだから、その少し前にご主人のガンが見つかり、手術があり、ただただ悲嘆に暮れていた中で、瀬川は自らが訳した『Darkness in Summer』を手にしたことになる。

ゃるだろうとおもわれるのにわざわざNYタイムスの書評のコピーまで同封して頂き、恐縮していらっしゃるだろうとおもわれるのにわざわざ

開高《お手紙を有難う。御主人がたいへんなことになってさぞ心をそれに占められていらっしゃるだろうとおもわれるのにわざわざNYタイムスの書評のコピーまで同封して頂き、恐縮しています。

御主人のことについては何と申上げていいのかわかりません。こういうときはだまったままでいるほうがいいのかもしれません。あなたはずいぶん気丈なひとだと私は以前から思っていますけれど、それに、そのことは今度の手紙のあちらこちらによくにじみでているのですが、だからよけいに悲痛さがつたわってきます。

私はガンのことはよく知らないのですが、発見能力が高まったせいか、年々、日本でも発病年令が低くなっていくようです。早期発見さえすれば何とかなるということを聞かされたり、山の木に寄生するサルノコシカケというとぼけた名のキノコを煎じて飲むと治ると聞かされたりもします。事実としてそういう実例もあるのだそうです。これはロシヤの民間療法でもあるのだそうです。しかし、だからといってそれが百発百中というのでもないらしい。ヴェトナム戦争やロケット競争などに使った金を（アメリカだけではないのですが……）ガン研究のほうにまわしていたらもうちょっと何とかなるのではないかと、以前サイゴンの蒸暑いアパートで考えたこともありました。

三年ほどまえに私はノドにハレモノができたように感じ、ガン病院を三つか四つまわり歩いて、あらゆる角度から点検してもらったことがあります。もしガンならハッキリそういってくれと一人一人のドクターにたのんだのですが、どの先生もウヤムヤでした。

私はジャングルやバナナ島やラゴス湾といったぐあいに九死に一生を得てかろうじて生きのびてきましたが、いつもそのあとでこれからの人生はオマケだ。したい放題やってやるぞ。そう思いきめ、そしてろくに何もできず、あいもかわらずのことを繰りかえしています。そういう見方で眺めるなら戦争中に空襲や機銃掃射で生きのびたときは14才の子供だったのですからそれから以後ずっとオマケを生きてきたのだともいえます。

だからガンだと宣告されたら、電話を切り、友人とも会わず、何にも書かず、妻と家にたれこめて茶をすすりながらマス釣りの本でも読んですごそう。そしてwhat will come（筆者註：やがて来るもの）を待つあるのみ。そう決心していたのですが、そのうちに何となくハレモノはひいてしまい、ドクターたちも冗談しかいわなくなってしまいました。けれど、いつか、もう一度、おなじ決意をおなじ過程を踏んで固めなければならないのでしょう。一度だけでなく、ひょっとしたら何度も……（略）

ことばの職人であるはずの小説家もこうなるとがんばってくださいとしか申上げようがありません。がんばって下さい。元気をだしてください。あなたがいま萎《しお》れると御主人にひどくひびきます。せせらわらって鼻歌をうたたって看病して上げることです。泣くのはトイレで、ひとりで。

よけいなことを申上げたようです。　　　セシリア・瀬川・シーグルさま　　　開高健》（一九七四年二月八日）

瀬川《開高様、おやさしいお手紙を有難く拝見いたしました。御忠告を身にしみて感じ、たいそう元気づけられました。冗談ひとつおっしゃらないで、パリパリの原稿用紙に大そういい字で書いてあるので、私のいつもの乱筆乱文が恥ずかしく、申しわけなくなってしまいました。あなたの字は丸っこくて、奇麗にそろっていて、何時も感心しているのですけれど、やはりいい小説を書くにはコクのある性格のある字を書くことも必要なんですね。(略)
　本当に開高さんのように生死の境を何度も通過していらした方には、その後一生がボーナスで、何だか年中お正月のようで変でしょうけれど。(略)
　この前、開高さんもガンになってるかも、なんて冗談を言ってごめんなさい。ずいぶん失礼なことを言ったものですね。咽喉ガンの心配をなさったのなら、その苦しみだけでも実際にその経験をしたのと同じでしょう。未知、不確定から来る不安は、病気そのものと同じ位、あるいはもっとたちのわるい苦痛ですからね。お許しください。たとえ無害な腫れ物でも、帰って来ないように祈ります。》(一九七四年二月一三日)
開高《新潮社クラブ宛てのお手紙は拝見しました。御主人はまずまずとのこと。何よりでした。何しろむつかしい病気ですから第三者としては慰めも励ましも無力で、コトバが浮いてしまい、うかつなことはいえないという配慮ばかりがさきにたってしまいます。けれど、人間はいろいろと不思議をかくした動物ですから気力ひとつでどうにでもなるということがよく起ります。御主人のまえでは笑顔しか見せないこと。ジョークやユーモアに精力をつぎこみ、自分でも演技だか本態だかわからないというところまで持って行く事。家をでるとき帰ってくるとき、一秒の隙もなく輝いていること。大きな声で笑うこと。》(一九七四年六月六日)

瀬川《主人はもうダメです。（略）彼はすっかり弱って一ヶ月あまり寝たきりですが、病院へ行くのは拒みます。無理も有りません。死にに行くのと同じですもの。アメリカの病院は健康な人でも病気になるほどそっけないのです。》（一九七四年九月二五日）

開高《何もあなたにして上げられないので、またお茶とヨーカンでもお送りすることにしましょう。御主人が日本茶をお好きなら、いれてあげて下さい。頑張って下さい。陳腐な月並文句しか今日は出て来ません。何か送ってほしいものは有りませんか。何でもいって下さい。遠慮は無用です。》（一九七四年九月　日付不明）

開高《前便のあとでしばらく便りがないので心配しています。前便の後半に御主人のことを〝あきらめている〟ということばが見られたので、またしてもわらわれるかもしれないけれど、ほかにもっといい考えも浮かばなかったものですから、お茶とヨーカンを航空で送りました。無事につきましたか？　前回もお茶とヨーカン。あなたにムダ使いをするといってお叱言の手紙をもらったことをよくおぼえていますが、コリもしないでおなじことをしたわけです。男って無器用なもんですよ。御主人の具合はどうですか？　（略）もう一度かさねますが、御主人様は？　　C・S・シーグル様　　ごぞんじ》（一九七四年一一月一一日）

瀬川《開高様、お手紙頂きました。この前のお手紙の後、ヨーカンとお茶を送ると書いてあったので慌てて送らないでほしいと手紙を書いたのです。そうしたらその翌日手紙を出そうと思って階下へ行ってみると、ドシンと重いものがもう来てたので絶望して出すのをやめにしたのです。その後絶望することばかり。

何からお話していいか、まず主人を亡くしました。10月24日深夜、大学病院で、これはもう覚悟をしてたことながら、あまりにもあっけなくて、かわいそうで、情けなくて、私は近年他人のお葬式でよく泣きましたけれど、それはただただ夫の死の予感であったとしか思えません。開高さんに、主人に会っていただけなかったのがとても残念です。それはそれはいい人でした。毎日方々から山のようなお悔やみ状、彼のためにガン研に献金して下さった方達の名前を知らせる通知状があとからあとから参ります。私はこれほどまで他人に愛されていた人なのかと今にして有難く、十一年いっしょに幸福に暮らせたことを感謝しています。(略)

おヨーカンとお茶、どうしてあんな重いものを航空便になさるの? 奥様が何とかおっしゃらなかった? 私はヨーカンなんてあまり好きじゃないと申上げたつもりですけれどね。もしお送り下さるのなら、小倉屋の、思いっきり塩を吹いたカライ塩昆布の佃煮か、柿の種がほしいとその送らなかった手紙に書いたのですよ。よくよくご記憶ください。おヨーカンはアメリカ人の友達に半本づつ切ってあげました。残りの4分の1くらい私がいただきます。お茶は新しいうちにのまなきゃならないのに、あんなに送って下さってどういうおつもり? あんな量をこなすのに私は五年くらいかかるのですよ。日本茶あまり飲まないから(あまりというより、全然)。ではまた。

セシリア淑子》(一九七四年一一月一四日)

開高《ひょっとしたら……と思ってはいたのですが。御主人にはとうとうお目にかかる機会が有りませんでした。残念に思っています。何と申上げていいかわからないのですが、深くお悼み申し上げます。長い忍苦の看護の疲れもたいへんでしょう。

お手紙によるとずいぶんたくさんの人から遺徳を慕われていらっしゃるようですね。あなたの愛の支えによることもさぞおびただしくあったことと推察します。徳弧《とくこ》ナラズとは外へのことも内へのことも意味している名句ですが、御主人の徳はあなたのそれでもあろうかと想像します。東も西も人情紙風船の時代にあなたのような人に最後まで見まもられて旅にでられた人はやっぱり終わりを完うした人です。一路平安と申上げます。

あなたの手紙がいつかのようではなくて細部までハキハキしていたので安心しました。ずいぶん成熟なさったと思われることが有ります。失われたものはあなたにしかわかりませんが、得られたこともあって、それはいくらか私にわかるようです。立派にふるまわれました。

C・S・シーグル様　　ごぞんじ》（一九七四年一一月　日付不明）

「徳孤ならず」は、孔子の言葉「徳は孤ならず、必ず隣あり」の引用。徳を身につけた人は孤立せず、理解し共鳴する人が必ず現れるという意味だ。

この年の一二月二〇日から翌年一月八日まで瀬川は日本を訪れている。夫の遺骨の一部を山口市にある瀬川家の墓に納骨するためだ。滞在中に瀬川は開高と会っている。

開高《過日はいろいろと。もうフィラデルフィアへもどって気持が落着きましたか？　毎日のあれこれのこまかい仕事でとりまぎれて暮らしていらっしゃいますか？　先日のあなたはよく食べていらっしゃいました。ときどき砂糖の城のようなデリカシーが覗くのですが、灯や皿や

食卓の輝きにそれとなく消えて見えるのはいいことでした。》（一九七五年一月一六日）

●イブ・モンタン

瀬川《私は実をいうと一年喪に服す気でいたのに、ある人から言い寄られてちょいと頭に来ています。フラフラなりそうなので一生懸命主人に祈っています。助けてくれっと言って。彼は建築家なのであほらしい、『挽歌』じゃあるまいし、止めとくれ！　と怒鳴っています。イヴ・モンタンに似てるからよけい具合が悪いのです。私はモンタンには映画のなかでちょっと岡っぽれすることがあるので。でもモッアルトのオペラ〝Cosi fan tutte〟の女たちのようには絶対にならないつもりですよ。》（一九七五年六月　日付不明）

『挽歌』は原田康子のベストセラー小説。病を患って以来、空虚な日々を過ごす主人公が、中年の建築技師と知り合って少しずつ心を開いていく物語。一九五七年に久我美子の主演で映画化もされた。イブ・モンタン（一九二一〜一九九一年）はイタリア生まれ、フランス国籍の俳優で歌手。出演した映画「夜の門」の主題歌『枯葉』を歌って世界的に大ヒットさせたことで知られる。渋さと甘さを併せ持ったいい男だ。オペラ「Cosi fan tutte」（コジ・ファン・トゥッテ）は、ある姉妹の恋人である二人の男が、それぞれの相手の貞節を試すために他人になりすまして姉妹を口説いたら、姉の恋人は妹を、妹の恋人は姉を口説くことに成功してしまったというのがそのあらすじ。

開高《イヴ・モンタンみたいないい男はその後どうなりましたか？　C・S・S・ビーヴァーさま　ごぞんじ》（一九七五年九月一六日）
瀬川《私はご主人様の命日がすんだので少しずつデイトの申し込みを受け入れ始めました。今は精神科のお医者一人と印刷会社の社長一人とたまにつきあっています。何ということもないおつきあいで、一緒に食事してしゃべるだけ。（略）浮いた話ではありません。本当はイヴ・モンタン氏の方が気に入ってるんだけど、彼は結婚してるので考慮外なのです。何と言っても仕事の方が忙しいので浮気なんかしていられないので幸いです。》（一九七五年一一月三〇日）
瀬川《この間結婚の申し込みをうけました。ちっとも興味のない人ですが、もしその人と結婚すれば、一生翻訳だけして生きていける（つまりお金のことは考えなくてもいい）ことはたしかです。三年でも四年でも考えろ、というので都合よく、又何の要求もしないので、大変大変有難い。私は男性にそばに寄られると、99％の場合ぞっとするのです。その人も99％の一人。》（一九七七年一〇月二〇日）
開高《男が寄ってくると99％ゾッとすると手紙にありますが、オレはどうなのでしょう。来年アラスカからおりていって数万キロのドライヴの果てにゾッとされたのでは残り少いオレのローソクの火が消えてしまいます。それともこれはマンジュウこわいということなのかしら。ドドイツの一節にいわく。イヤよ、イヤよは好きのうち。とか。　ごぞんじ》（一九七七年一一月二日）

●再婚・急死

瀬川《（結婚を考慮中のおじいちゃん）私のことにまるきり夢中で（こんなビーヴァーみたいな女の何処がいいのでしょう!!!）非常に寛大です。彼が言うには、もし結婚しても部屋は別々で、旅行すればホテルの部屋も別々で、そばには寄らないけれどそれでもいいかというのです。願ったりかなったりです。こんな物分かりのいい人はちょっといませんよ。二十才年上で、マンガみたいな顔をしていますがね。とてもとてもいい人なんです。そして尊敬できます。》（一九七七年一一月二一日）

瀬川《開高様、毎日結婚の支度でいそがしくて手紙が遅くなりました。明日、明後日、とオフィスに出て、それで終りです。一月二十七日に小さな式を挙げて、二月二十六日に披露宴です。（略）私の主人になる人は六十六のじじいですから神経痛が時々出るので今、ホノルルのダイアモンド岬の方にコンドミニアムを買って冬は三ヶ月そこに住もうと言っています。私はハワイは好きではないけれど、ハワイ大学にいい東洋学文化センターがあり、浮世絵のミッチナー・コレクションがあるので彼（私の主人になる人）の浮世絵の友達も二〜三人居ますし、行ってもいいかと思っています。》（一九七七年一二月　日付不明）

再婚相手の名前はシドニー・タネンバウム（Sidney A. Tannenbaum）。浮世絵のコレクターとして知る人ぞ知る人物だ。「ミッチナー・コレクション」は、作家ジェームス・ミッチナーが所蔵していた江戸時代の浮世絵や現代木版画コレクションの中から約五四〇〇点をホノルル美術館に寄贈したもの。ミッチナーはミュージカル「南太平洋」の原作である『南太平洋物語』（ピューリッツアー賞フィクション部門受賞）その他のヒット作を世に送り出した作家だ。

一九七八年五月、新婚旅行の途中で日本に立ち寄った瀬川は開高と牧羊子夫妻と会っている。結婚祝いとして、京漆器の名店である象彦の菓子盆と皿を開高は贈っている。

二度目の結婚で瀬川のフルネームはYoshiko Cecilia Beatrice Segawa Maxwell Seigle Tannenbaumになった。

開高《手紙ありがとう。あなたの名前の長さにはおどろかされもし、笑わせられもしました。ただしこの笑は無邪気のそれです。誤解なきよう。》（一九七八年七月一五日）

この翌年、瀬川は思いもしなかった悲劇に見舞われる。

瀬川《開高様、奥様、ご無沙汰申しあげておりますけれど、色んな突発事件でお便りできませんでした。もうすぐ開高氏第何回目かの御聖誕の日が近付きますのでお祝いをもうしあげるために書きます。

私は11月10日に二度目の寡婦になりました。本当に思いがけなく急な死でした。私は9月に25日間ヒマラヤに行っていて、帰ってきて3週間にもならないうちに主人が急病になり、テストのために入院して四日目に亡くなったのです。その後呆然としたり泣いたりしながらも、た

いへんな忙しさで考えている暇もないくらいです。》(一九七九年一二月二二日)

「二度目の寡婦になりました」と瀬川が手紙に書いたとき、開高は南北アメリカ大陸縦断大釣行記『もっと遠く!』『もっと広く!』の取材中でペルーにいた。そのため瀬川の手紙を読んだのは開高ではなく牧羊子だった。牧は年が明けて早々に瀬川に手紙を送っている。

牧《お手紙拝見、おかわりなくお過しのこととばかり思って居りましたのに、ご主人様のご急逝本当にびっくり致しました。心からつつしんでおくやみ申し上げます。どんなにかおつらいお気持ちでさまざまの出来ごとにぶつかりなさったのですね。ご書面からうかがって、少しも存じ上げなかったとはいえ、すっかり手もとの多忙にかまけてご無沙汰失礼申し上げて居りましたこと、何のお手伝も出来ませんで、このお返事さえもずいぶんと遅れてしまいましたこと深くお詫び申し上げます。(略)

今この手紙をしたためていますのは九日の朝四時五十二分からただいま五時四十九分。八日電話のやりとりをしている最中に飼いネコのキンが奇声を発し、急に痙攣をおこして電話を了えるとすぐに獣医をよび、酸素ポンペをとりよせて吸入やらをひと騒動のあと、この子の親の代から数えると十六年なじんできたものとのお別れになり、そうこうするうち前からの約束のあった審美社の方が夕方から来訪、キンの通夜をかねて雑用を手伝って頂き、家族が、といっても娘と二人ですが、食事をとったのが十時を回っていて、少しくたびれ、早起きしてお返事することにきめ只今ペンを走らせています。

とてもいそいでいてさぞお読みづらい字でと申し訳なく思いながらしたためて居ります。ごめんなさい。よろしくご判読のほどを。》(一九八〇年一月九日)

突然息を引き取った愛猫キンは剝製にされ、ケースに入れられ、茅ヶ崎の開高健記念館に展示されている。

これ以降、瀬川が二度目のご主人の相続に関する悩みや愚痴を手紙に書くことはあっても、そのことに開高が言及することはなかった。少なくとも瀬川の手元に残っている手紙にはそのような文言はない。

3 胆石、中年疲れ、バック・ペイン

●四二歳

開高《去年の暮れにあなたの手紙に返事を書き、同時に「虎屋」のヨーカンを発送したのですが、10日ぐらいかかるといってましたから、もうそちらにつくころでしょう。そのあとでひどい風邪におそわれ、暮れからズッと寝たきりですごしました。去年の12月30日に私は42歳のオッサンになったのですがそのとたんにくしゃみ、吐気頭痛におそわれ、ひどい目に会ったわけ

です。》（一九七三年一月　日付不明）

開高《ちょっと身体の内部にトラブルをかんじたので山からおりてきたところでした。お医者は過労だろう、寝てなさい、別にどうってことないといいます。この2月からヴェトナムへ行って、いわば5ヵ月間ぶっとおしでずっと真夏だったわけで、ちょっとぐらいどこかおかしくならなければかえって妙かもしれません。》（一九七三年八月　日付不明）

四〇台前半までの開高はいたって健康であり、元気だった。二日酔いと、手紙にあるようにときたま風邪をひくくらいのもので、原稿に向かっているときにあらわれる宿痾としての抑圧症をのぞけば、病気らしい病気とは縁がなかった。ところが四五歳を境に、本人がいうように中年疲れもあってか、体のあちこちに変調をきたすようになる。

●四五歳

胆石と胆囊を除去する手術を受けたのが四五歳だった。

開高《6月と8月に一度ずつ猛烈な胃ケイレンが有り、生まれてはじめてのことなので人間ドックに入って精密検査をしてもらうとウズラの卵をひとまわりでかくしたくらいもある胆石があると判明し、さっそく入院。開腹。とうとう胆囊ごと切除されてしもたんや。石は15年物やという。15年間もそんな大きくて硬い石を抱えながら痛飲豪食して何ともなかったという事実にわれながら呆れてますが、たまにはそんな体質の人、そんな気質の石もあるので、医学ではこれを名付けて〝サイレント・ストーン〟というんやテ。これがほんまに〝度肝をぬかれる〟というやつ。おかげで後半生を私は肝の冷える思いをしないですごせそう。のこった輸胆管と肝臓でチビチビと胆汁を出してくれるので大事はないと云いますけれど、城でいえば外堀を埋められたようなもんですから、飲と食についていえば今迄のように質と量を同時に探求することはで［以下、便箋が一枚行方不明］

ランボーじゃないけれど、モウ秋ダ。肝のなくなった私には風が身にしむ。ではまた菜っ葉でもかじるとするか。　C・S・シーグル様　腑抜け男》（一九七五年一〇月一三日）

開高《お元気？　小生、その後は順調です。もともと基礎体力そのものは土方なみの丈夫さなんですから、手術のあとは単純な外科の怪我人として傷口が痛まなくなるのを待っていればいいわけです。毎朝、散歩にいきます。今迄一度もしたことのなかったことですが……。それでも、飲食については、これまた今迄に想像したことのなかった注意や警戒をしなければなりません。タバコはパイプにかえましたし、酒はもう二ヵ月近く一滴もすすっていません。黄昏になると身の置き所のない焦燥をおぼえさせられます。》（一九七五年一〇月二〇日）

瀬川《胆石というものは痛いものといつもきいていましたけれど、そんなに大きい石が出来るまで何もしなかったというのは、開高さんはよほど胆が太いということわざのママ、胆嚢が大きすぎて気がつかなかったのか、識閾《しきいき》が低いということでしょうか。悪くいえばドン感なのでありますす。とにかくこれが赤信号になって、暴飲暴食をおひかえあれ。》（一九七五年一〇月二

五日)

開高《お元気？　たまたま人間ドックに入ってレントゲンをあてたらぶどうのマスカットぐらいもある胆石が発見され、それをとるのといっしょに胆嚢までとられてしまったという度胆をぬかれるような話はもうしたかしら。どうやら手術後は順調ですが、ちょっと無理をすると背や肩や腰に疼痛が射し、一歩立ち止まってしまいます。ドクターによれば内蔵のレイアウトが変わったために起る単純筋肉痛だから気にすることはない。よく風呂に入り、おとなしくしてなさいとのこと。これからは胆なしでこの世をわたっていかなければならない。胆大小心がモットーであった私に小心だけがのこされたわけです。どうしてくれるゥ？……》（一九七五年一二月九日）

開高が「バック・ペイン」、ときに「オンブオバケ」などと書く背痛に悩まされるようになるのも四五歳から。「文藝春秋」一九八二年六月一日号に寄稿した『ポンコツ紳士、力泳す』の中で開高は次のように書いている。

45歳からである。いつとなく首がこり、肩がこり、背中が痛くなり、ときには腰にまでペインが陰鬱な顔を見せるようになった。手がしびれる。指がかじかむ。立ったりすわったりのたびにギクリと鳴る。何かきつい動作をすると肩や腕に疼痛が電流のように突ッ走る。（略）
45歳の大晦日にひどい地震がきた。これが硬直の第一触であった。思いあたることは何もないのに午後三時頃から右の背中の中心に疼痛がはじまり、じわじわとひろがりはじめ、夜の九時頃にはとうとう右半身が完全に硬直、剛直してしまい、寝床に入っても寝返りひとつうてなくなった。自身の手と足で自身の体がうごかせないのである。

瀬川宛の手紙の中でも、このときのことを書いている。

開高《お手紙もらいました。目下キリキリといそがしいので、返事、ちょっと待って下さい。そのあいだにコーランの翻訳でもして遊んでいて下さい。去年の暮れに突如として背中右半身、激痛に襲われ、息もつけなくなり、寝たままで正月。91才の名人にハリをうってもらって、やっとたてるようになりました。これからいろいろとでてきよるデとのこと。暗涙を呑む。
タンネンバウムさま　　ごぞんじ》（一九七五年一月　日付不明）

ハリ治療を一ヵ月続けて痛みを抑えこんだ開高は、その半年後にはアマゾン大釣行に出かけている。『オーパ！』の取材だ。開高は『ポンコツ紳士、力泳す』の中でこう続けている。

右半身不随になって息も喘ぎ喘ぎという人物が半年後にはアマゾンへ行ってドッテことなかったというのだから、奇妙な話もあったものだが、小生の背に巣喰うことになったバック・ペインというオンブオバケは多分に心因性の疼痛なのであろうと、自己診断する。極端な運動不足が一つ、老化が一つ、心のストレスが一つ。これら三つがよってたかってオンブオバケになるのでは、と憶測する。それから以後、この5年間に、オンブオバケはわが背中の右半身に常駐することになった。首から腰にかけての全域に彼らは常駐する。

●四六歳

胆石と胆嚢を除去する手術を受けて以降、体の不調を訴える手紙が多くなる。「中年疲れ」という言葉もたびたび手紙に登場するようになる。

開高《お手紙ありがとう。じつは正月からタチのわるい香港風邪をひき、ずっと寝こんでいました。治りかけてはムリをし、治りかけてはムリをし、するものだからいつまでも治らず、微熱が全身に苔のようにはびこり、中年疲れもあって何もする気になれませんでした。あなたのホンヤクのための注解もおくらなければならないのに、ひどい無気力とメランコリアに犯さ《マ》れ《マ》るままですごしてしまいました。》（一九七六年二月　日付不明）

開高《仕事はうまく行かないし、中年疲れがカビのように全身にはびこるし、このところ泥に首までつかったようです。前便であなたはフランスへフランス語を勉強にいくとのことでしたが、あいかわらずの不屈eager beaverぶりに感心しています。》（一九七六年四月一六日）

開高《風邪には気をつけて下さい。小生、年末からやられっぱなし。以前はこんなダラシないことなかったのですが46才になったら体内にあちらこちらいろいろの物音が聞こえてきました。酒に弱くなったり。物覚えがわるくなったり。おめでたくなったり。》（一九七七年一月　日付不明）

●四九歳

開高《あなたに会えるのをたのしみにしています。ニューヨークに心おぼえのあるレストランがあれば、考えておいてください。できたらネクタイをしなくてもいい、河岸の、静かな、小さい、親密な、とびきりの魚料理の店がいいス。私、タンノーがないから、肉料理よりは魚料理のほうがいいのです。　　タンネンバウム夫人　　ごぞんじ》（一九七九年七月一七日）

●五一歳

開高《小生、先日珍しく激烈な腹痛に襲われ、二日半のたうちまわって病院に入ったところ、そのとたんに治ってしまいましたが、悪性のヴィールス性感冒がひきおこした急性胃炎と判定されました。その引金となったのは酒の飲みすぎであります。酒の飲みすぎはこれまでに数えきれないくらいやりましたけれど、こういう症状がでてきたのはこれがはじめてです。つまりですナ、脱皮のとちゅうでの現象であります。今後いろいろとイヤらしいことがゴキブリのように出没することでしょう。What will come is coming! Just like ocean tide!…（筆者註：来るべきものが来た！　ちょうど潮の満ち引きのように）》（一九八一年五月一三日）

四五歳で発症したバックペインはその後五年間にわたってハリ、灸、按摩、湿布、漢方薬などさまざま試みたが、どれもこれもその場しのぎの効果しかなく、持続しなかった。

開高《このところ家にこもったきりです。たまに東京へ出ますが、バーへ行ってタハ、オモチロイと叫ぶこともなく帰ってきます。右半身、肩も背も腕も、ギクシャク痛んだり、しびれたりです。いわゆる〝四十肩、五十腰〟というヤツ。そちらに何かいいクスリありませんか。》（一九八〇年一二月六日）

南北アメリカ大陸を縦断する大釣行を敢行し、その釣行記を書き上げ、それが出版されてから三ヵ月が経った一九八一年一二月、開高は再び〝ひどい地震〟に襲われる。東京の料亭で会食中に背中が痛みはじめ、まともに座っていられなくなり、たまらなくなってタクシーを呼んでもらって茅ヶ崎まで帰ったものの、着いたときには右半身が硬直して呼吸困難な状態になり、それから二日間呻吟し続けた。

これに懲りた開高は、以前から医者に勧められていた水泳をはじめることを決意する。一九八二年一月のことだ。

小生はついに年来の億劫と怠惰にピリオドをうつ決意を固め、痛む背をなだめなだめ家から一キロ半ほどのところにある『林水泳教室』の受付に顔をさしだし、かくかくシカジカと訴え、初心者コースに入門したいと申出た。（前出・『ポンコツ紳士、力泳す』より）

水泳教室に通いはじめた頃の開高はバタ足で五、六メートル進むのがやっとの状態だったが、それでも週二回の水泳教室の効果はてきめんだった。プールからの帰り道、ふと気がつくと五年間開高を痛めつけてきたオンブオバケが一匹のこらず消え去っていてがく然とさせられるほどだった。
気をよくした開高は週二回の初心者コースを三ヵ月で切り上げ、週二回の個人レッスンを受けるようになる。

4

『珠玉』の執筆・脱稿、そして最後の手紙

開高《目下小生は釣りと純文学だけに生きております。『新潮』に『耳の物語』なるモノを連載してもう二年近くになる。あと一年はかかるでしょう。『青い月曜日』が失敗作だったので捲土重来プラスアルファの雪辱戦のつもりであります。ほかには週に二回の水泳。(この五月にはノンストップで２０００メートル。25メートルのプールをじつに80回ちんたらちんたらと往復しました。意志の勝利であります。なせばなるであります)》(一九八四年一〇月二八日)

開高《手紙ありがとう。お元気のようで何より。私は目下、三つの宝石についてひとつずつの短篇を、つまり〝トロワ・コント〟を書こうとして四苦八苦。プールへ週に二日出かけるほかは部屋にたれこめたきり。沈香も焚かず、屁もひらず、といった暮らしぶり。(ただし外見のみであります)》(一九八八年二月　日付不明)

このとき開高が書こうとして四苦八苦していた「三つの宝石についてひとつずつの短篇」、〝トロ

ワ・コント〟とは、開高の絶筆となった『珠玉』のことだ。青い海の色をしたアクアマリン、赤い血の色をしたガーネット、乳白色の月の色ムーン・ストーン、この三つの宝石に託して語られる三つの物語からなる作品である。

開高が食道狭窄で茅ヶ崎市内の病院に入院するのは一九八九年三月一九日。間もなく済生会中央病院に転院し、四月一七日に食道ガンの手術を受けている。ガンは横隔膜にまで浸潤が進み、放射線治療が続き、七月末にいったん退院。こうした状況下でもなお開高は原稿を書き続け、そして一〇月一二日に『珠玉』を脱稿するのだった。が、翌一三日に済生会中央病院に再入院。そして一二月九日午前一一時五七分、食道潰瘍に肺炎を併発し、帰らぬ人となる。享年五八歳。病床で書き上げた『珠玉』が「文學界」(一九九〇年一月号)に掲載されたのは亡くなる二日前のことだった。

この年――一九八九年に開高が瀬川に送った手紙は九月四日付と九月一九日付のわずかに二通のみ。一九七二年九月、『夏の闇』の翻訳に取り組んでいた瀬川が開高に手紙を送ったのをきっかけにはじまった二人の往復書簡は一七年の長きにわたって続き、そして幕を閉じることになる。

その最後の二通を紹介し、この本の終わりとする。

●一九八九年九月四日

開高《去年の12月末頃から食事のたびにシャックリが出るようになりましたが、水を呑むとなおるし、ビールを飲むともっと通りがよくなる。というくらいのことだったのですが、今年の3月になって突如として食べる物も呑む物もノドを通らなくなったので入院する。(それでいて入院の3日前にはプールで950メートル泳いでいる）チェックしたら食道の一部がただれて細くなっておると。そこで手術。これがなかなかのもんで、食道の一部を切っただけではすまない。胃袋をひっぱりあげてつなぐ。胸の骨の下を胃袋に通ってもらうため、痛くもカユくもないそれを切って丸めて筒状にする。そのため腹を切る。脇腹を切る。ノドを切る。そこへ肺がブツブツ言いだして合併症を起こす。〝肺血栓〟とか。二度死にかかる。

何やかやで7月にやっと退院。8月いっぱい自宅で生きる真似にふける。毎朝海岸のサイクリングロードを6000歩あるく。毎日だ。毎日。これで今年の前半が丸つぶれになり、後半はリハビリでのんびりやろうと思っています。

3つの宝石についてひとつずつ下手な短篇を書いて〝トロワ・コント〟にしようかと思ったりして、妄想にふけったり、ちぎれたり。

ロンドンのP・オーエンはやっとのことで『五〇〇〇人——』を短篇集で出版することを決意する。コリンズ社は『輝ける——』をペーパー・バックで出版する契約にようやくサインする。好男社インターのS・ショウの盡力《じんりょく》しきりでありました。ドッド・ミード社は空中分解。揮発する。いいことがあったり、わるいことがあったり。これでいいということがなくて。日はまた昇り、日はまた沈み。

『夏の——』P・オーエン版のカヴァーにゲイシャの肌ぬぎのイラスト。激怒の手紙を送ったら、売るためだ、一眼で日本とわからせるためだと、イケシャヤアシャ。拍子抜けするくらいイケシャアシャ。
あなたは元気ですか？　便りなきはよき便りかと。
たんねんばうむさま　ごぞんじ》

この手紙を受け取った瀬川はすぐさま見舞いの手紙を開高に送ったが、あいにくとその手紙は残っていない。

●一九八九年九月一九日

開高《お見舞いの手紙ありがとう。熱いこころがつたわってきます。この人情紙風船の時代にと思うと、うれしいことです。（退院後いささか涙もろくなりました。ホトケに近づきつつあるわけですナ）。海岸のサイクリングロードは毎朝歩いています。虫のようにです。季節はずれの、晩秋コオロギに似た足どりであります。何しろ肉を10キロ近く失ったので、強い風の日にはよろよろします。もともと葦だそうですからね。東京へ足ならしに出ようと思いながら日を送る。訪ねてくる人は少なく、こちらから訪ねていくことは全くなく、まさにアウツの一人と化しました。

それでヒマつぶしにトロワ・コントをぼつぼつ書きついでいます。三話のうち二話はもう書きました。今は第三話にかかっていますが、何も見えません。できたら正月号の文学雑誌に三話を一擧《いっきょ》にと思っているのですけれど欲だけの先送りかも。

悠々自擲の日々はけだるく心地よいもので、まさに晩秋の小日向のようなものです。アルビノーニの〝Gマイナーのアダジオ〟に近いところ。エエもんス。

コリンズが正式にOKを出したのでホッとしています。あなたからもスティーヴン・ショウに問合せの手紙を出しておいてください。（〝輝ける――〟と〝夏の――〟をフランスに売りこんでみようかと考えています。アシェット社かガリマール社でしょう。期待しないで吉報を待ってくだされ。）》

二通の手紙から、人間・開高健が病気で弱気になっていることが窺えるが、その反面、作家・開高健は執筆中の『珠玉』に思いをはせ、『輝ける闇』『夏の闇』のフランス語での翻訳出版に意欲を見せるなど、それまでと変わらぬ意欲を見せている。作家魂は健在だった。その作家魂を抱えたまま五八歳の若さでこの世を去らなければならなかったのだから、どれほど無念であっただろうことか。改めて合掌するばかりだ。

あとがき――頁の背後――

人の喜怒哀楽、世の森羅万象すべてを表現し尽くすことに心血を注いだ開高健の文章からは、文学作品であれルポルタージュや釣り紀行であれ、その一字一句、一行一頁から重厚な圧を感じずにはいられない。すらすら読み飛ばすことなどとてもできない。話し方もまた同様だ。井上光晴、丸谷才一と並んで「文壇三大音声」といわれた大きな声で、ときにいらちな関西人らしい早口でまくしたてる話し方からも、圧倒的な圧を感じる。

しかし、瀬川淑子に宛てた手紙からはそうした圧が感じられない。文面は柔らかく、わかりやすく、開高のやさしさ、気遣い、そして常に変わらぬユーモアに満ち溢れている。作家・開高健ではなく、人間・開高健が書いた素の文章とでもいうべきか。

他の人に宛てた手紙もそうであったのかはわからないが、瀬川に宛てた手紙は特別だったのではないかという気がする。著名な作家だからといって臆することなく、忖度することなく、思ったことをはっきりと、あっけらかんと言葉にする瀬川が相手だったからこそ、開高もまた胸襟を開き、めったに人には見せぬ素の自分をさらけ出して応じていたのではないだろうか。

理由はともかく、圧を感じることのない開高の文章を読むことができる、素の開高健を感じることができる開高と瀬川の往復書簡は、それだけで貴重なものだといえる。

この本を書き上げるまでに思いもかけず長い時間を要したが、その間ひたすら素の開高健と向き合うことができたのはとても幸せだった。贅沢な時間を過ごすことができた。

あとがきに〝頁の背後〟と付け加えたのは、いうまでもなく開高健に捧げたオマージュのつもりだ。念のため書き添えておく。

二〇二五年二月二五日　　滝田誠一郎

※開高健の著作（全作品）は、『開高健電子全集（第1巻〜第20巻）』（小学館）でもご覧になれます。

※手紙や引用文中には、処女作、盲目、外人、土人、土方など、現在からみれば不適切と思われる箇所がありますが、書き手に差別的意図がないこと、時代背景等を鑑み、原文のままにしております。差別や侮蔑の助長、温存を意図するものでないことをご理解ください。

某日、生き永らうべきか、べきでないか、など寝ぎわであしなこしごとに思いふけっていると、タトル社から手紙がくる。ドッド・ミード社からの問合わせで、〃ミスオペラ〃と〃青い月曜日〃は出版しないことにきめたがカイコー氏の作品でまだ英語になってないかアメリカで売られたことのないものはないか、純文学か推理小説がいいのだが、という。小生ちょっとびっくりとなり、生き永らうこととして、さっそくタトル社に電話する。甲斐さんという女の声。「夏の闇」も「輝ける闇」もめぼしいものはすべて英語になってるから条件がはずれます。しかし短篇でいいものは一冊になるくらいあると思うからもう一冊短篇集を作ってはどうか、それはフィラの夕、ネ、バウム女史とよく相談されたいと、迎合する。甲斐さんにあなたのアドレスと電話番号を教える。もう一冊短篇集を作るのなら「パニック」や「流亡記」も訳してみては如何。これはロンドン大学の教授が昔、訳しましたけれど、あなたの訳でやってもらえたらと小生は思うのです。あなたの手にかかるとこれまでわるいことよりはいいことのほうがずっと多かったし、グラスのふちに口をつけたならとことん底まで飲み干すのが正しい道と思いますので。チェーホフとドストイエフスキーにガーネットがついたようなもんです。あなたからフォルチュナ先生

茅ヶ崎市東海岸南六の[redacted]
電話〇四六七・八[redacted]
開高　健

にアタックをかけてみては如何。もしそうときまればほかに何を訳したらいいか、二人で考えましょうよ。その為めなら小生、しばらく生き永らうことにいたしますが。

56才の秋が逝ってしまった。
あと1月足らずで57才ですぞ。
どないしまひょ?!…

ごぞんじ

茅ヶ崎市東海岸南[redacted]
電話〇四六七・八七・[redacted]
開高　健

K1

滝田誠一郎（たきた・せいいちろう）
一九五五年、東京生まれ。青山学院大学法学部卒。ノンフィクション作家。著書は『長靴を履いた開高健』、『開高健名言辞典～漂えど沈まず』（以上、小学館）、『ビッグコミック創刊物語』（プレジデント社）、『電網創世記』（実業之日本社）など多数。『開高健電子全集』（小学館）企画・編集協力。

編集　大森　隆
校正　黒河内美花
装丁　株式会社クロス（太田竜郎）

ごぞんじ
開高健と翻訳者との往復書簡177通
二〇二五年三月三十一日　初版第一刷発行

著者　滝田誠一郎
発行者　石川和男
発行所　株式会社小学館
〒一〇一－八〇〇一　東京都千代田区一ツ橋二－三－一
編集　〇三－三二三〇－五七二〇　販売　〇三－五二八一－三五五五
DTP　株式会社昭和ブライト
印刷所　萩原印刷株式会社
製本所　株式会社若林製本工場

 ISBN 978-4-09-389195-0